Fan
ファン文庫

わたしはさくら。

捏《ねつ》造恋愛バラエティ、収録中

著　光明寺祭人

マイナビ出版

Contents

イラスト…西山和見

第一章

サクラ前線北上中

わたしはさくら。

もちろん由来は本名の桜子《さくらこ》から来ている。だけどこの名前には、ここでは口が裂けても決して言えない、ある秘密が隠されているのだ。それは——。

◆

Ｏ県の北部にある農村公園『ふれあいファーマーズ』へと向かう、マイクロバスの車内。乗客は中年の男性ドライバーとカメラマンを含めて十数名。ドライバーを除く他の全員が、二十代前半から三十代後半の女性ばかりだ。

わたしは今、進行方向に向かって右側の、最後部から二番目の席の窓際に座っている。

信号のほとんどないまっすぐな県道を、法定速度でのんびりと目下北上中。カーマイン・レッドの派手なカラーリングの車体が目を引くのだろうか。さっきから追い越し車線を走る人々の舐め回すような視線が、ねっとりと絡みつく。

あ、また目が合った。

今度は頭と品の悪そうな若い男の二人組。唇の動きからして「見ろよ、あの女、マジかわいくね!?」「ちょーやばいな」とでも騒いでいる様子だ。

気持ちが悪いなあと辟易しながらも、満たされる自己顕示欲は否定できない。そうやってわたしは、視線をずっと窓の外へと向けている。

緩やかな山脈と果てしなく続く田園風景。民家やちいさな町工場がぽつりぽつり。最後にコンビニを見かけたのは、もう三十分も前のことだ。まかり間違ってこんなところに嫁いでしまったら、わたしの人生はどうなるのだろう。

『田舎《いなか》へ嫁《とつ》GO《ごー》！　お見合《みあ》いカップル大集合《だいしゅうごう》』

車体の両側面には、そう大きく番組ロゴがプリントされている。いわゆるロケバスだ。

出会いの少ない田舎の独身男性と、都会の喧噪に疲れた女性たち。公募によって集められた寂しい男女に、男性側の地元の大自然の下、お見合いパーティーを主催して、恋のドキュメンタリー番組として放映する。

そんな趣旨の、全国ネットで月に一回放送されているバラエティだ。

一時間の番組の中で、出会いからカップル成立・不成立の結果までを描く。内容としてはありがち。けれど需要は高い。視聴者の野次馬根性を絶妙にくすぐるのだろう。ゴールデン枠から外れてはいるが、毎週そこそこの視聴率をキープしている。

参加者全員がライバル関係にあるせいか、バスの中は静かだ。

ひたすらファンデーションのミラーとにらめっこで、〝出会い〟の戦場に赴くべく勝負メイクで入念に武装する女戦士たち。様々なメーカーの化粧品の匂いが、女の情念と共に、むんむんとむせ返る。

ああ、悪酔いしそう。ドライバーさんもお気の毒に。

ついていけないいな、と心の中でつぶやきながら、わたしはすこしだけバスの窓を開けた。

「わあ、いい風」

隣席の娘が、気持ちよさげな声を出す。

車内に入り込んでくるやわらかな春風。都会の排ガスだらけのバイパスでは味わえない心地よさだ。やっぱりこういうところで生活するのも悪くないのかなと、不覚にもそんな感情を抱いてしまう。

「素敵なところねぇ、うーん、空気もおいしい。ねえ、そうじゃない？　えっと」

緊迫する空気が漂う車内で、ここにひとりだけ例外がいた。

隣の娘が、さっきからやたらと話しかけてくる。緊張を紛らわせたいのか、単に人なつっこいだけなのか。

「えっと……」

わたしに向けて促すように掌を差し向ける。

こういうときって、まず自分から名乗るのが普通ではなかろうか。

ずっと視線も合わせずに空返事でかわしていたのだが、そろそろ限界かもしれない。バリア張ってたのに見えなかったのかな。空気が読めるタイプじゃなさそうだし。

怪しまれても困るので、とりあえず答えることにした。

「源《みなもと》桜子です。よろしくね」

「わあ、素敵な名前ね。今の季節にぴったり。ほら、見て」

彼女が窓の外を指差す。

県北で開花が遅かったせいだろうか、県道沿いの河川敷に咲き遅れたソメイヨシノの花びらが、はらはらと風に舞う。

そういえばなにかの本で読んだことがある。ソメイヨシノは突然変異種の上に発芽能力がなく、一本の苗木を人工的に増やしていったクローンなのだとか。

誰とも交わることのない突然変異種。まるでこのイベントに参加した誰かさんのようだ。

「わたしは夏木未来《なつきみく》。みらいと書いてミク、よろしくっ」

「ミクさん、ね」

「ミクって呼んで。わたしもさくらって呼ぶからさ。せっかくだから仲良くしましょ」

馴れ馴れしい娘だ。

まあ、いつもそう呼ばれているからかまわないけど。

「ねえ、さくらはいくつ」

「二十四」

「えっ、わたしもよ。なんだか奇遇ね」

チラッと彼女に目をやる。年のわりには幼い印象。十人並みの容姿だけど、無邪気な笑顔が愛らしい。

「へえ、そうなんだ」

ノースリーブの白いワンピースにライトブラウンのショートボブ。すこし猫っ毛。色白で背が低い。

丸顔で、レンズの奥はちょっぴり垂れ目。体型もすこしぽっちゃり。愛嬌があって可愛らしくもあるが、すこしダイエットが必要かも、と思う。

勝負メイクなのか、他の皆と同様に化粧は少々濃い。せっかくワンピースから覗く素肌は眩しいくらいに白いのだから、いっそ薄いメイクで肌の白さをアピールしたほうが活きるのではないだろうか。

「ねえ、ひとつ聞いていい」

「なに」

「さくらって、なんでこの番組に応募したの？」

「えっ、なんでって」

すこし身構えるわたし。

「だってそんなに美人さんなのに。こんなお見合い番組に参加しなくたって、男の子なんて選《よ》り取り見取りなんじゃない。だって小顔でアヒル口でしょ。それにぱっちり目もおおきいでしょ。身長は普通くらいだけどスタイルだっていいし」

「そう……なのかな」

誉められて悪い気はしないが、状況を考えると複雑だ。色が白い、とは言ってくれないな。彼女には負ける。

「今日の一番人気は絶対さくらだよね。定番の黒髪ロングだし、なんだか男の子の願望が服着て歩いてるって感じ。羨ましいなあ。そのチェリー・ピンクのカーディガンに白いミニスカート、とても似合ってる。勝負服でしょ」

別に着たくて着ているわけではない。私服はパンツが多いし、色味もモノトーンばかりだ。

「わたしね、彼氏がいたんだけど、先日別れちゃって。ねえ『ＵＳＯ《ユー・エス・オー》』って会社知ってる？」

参加理由を答えあぐねているわたしを尻目に、聞いてもいないのに自分のことを語りだす彼女。

「ええ、最近上場した躍進中のＩＴ企業よね」

「彼、そこに八年も勤めている営業マンなのね。年上で優しくて、素敵な人だったんだけど……。ずっと二股っていうか……実は結婚してて奥さんも子供もいたの。それを知ったときはとてもショックだった」

たしか『ＵＳＯ』が起業したのは五年前だ。騙されやすいタイプなのかもしれない。妻子持ちの男に、いいように扱われていたってわけだし、きっと性格が素直すぎて、大人の嘘が見抜けないのだろう。

「思い込みかも知れないけど、田舎の男の人って純粋で浮気とかしなさそうじゃない。それに都会の生活にもなんだか疲れちゃったし」

「そう」

「実家に帰っても、お姉ちゃん夫婦が親と同居してるから居場所もないし。だからいい出会いがあれば、思い切って田舎に嫁いじゃうのもアリかなと思って」

「そうなんだ」

彼女のわかりやすい身の上話に、わたしは生返事を返した。

そのあとは彼女とおしゃべり。もっともわたしはほとんど相槌を打っていただけだったけれど。

でも、取り留めのない会話をしたせいか、すこしは気持ちが軽くなった。案外、純粋で素直ないい子なのかもしれない。ミクに感謝。

そう思いかけてハッとする。

いけない、わたしとしたことが。〝一般参加者〟に感情移入は禁物。事前に〝彼〟からも釘を刺されている。

「ねえさくら、メアド交換しましょうよ」

勘弁してほしいなあ、と思いつつも流れでアドレス交換をする。

あまり深入りしたくない、ってのが正直なところ。だって彼女たちに情が移ってしまうと、仕事がやりにくくてしょうがない。

だって、わたしの正体は――「桜子」の名で活動するタレントであり、このくだらないヤラセ番組を盛り上げるために派遣されたサクラなのだから。

◆

「わあ、素敵なところねえ」

開口一番、バスを降り際に両手をめいっぱい広げてミクが伸びをする。

鮮やかな青と白と緑の光彩が目の前に燦然《さんぜん》と広がる。風が意外と冷たく、それが長旅に疲れた肌には心地よい。

駐車場の脇には満開の桜並木。景観に艶やかな彩りを添えている。

卯月の強い風が吹き上げ、ソメイヨシノの花びらが無数に宙を舞う。

花のパレードの演舞台を観ているようだ。まるで、出会いの門出を求めるわたしたち独身女性を歓迎するかのように。

「うーっ、さぶっ」

ミクが両腕を抱え縮こまる。

桜の季節だというのに、ノースリーブの白いワンピース。白い肌を強調した勝負服なのだろうが、さすがに寒そうだ。

昨日の新幹線でO駅に到着後、番組が手配した駅前のシティホテルに宿泊。今朝の早朝六時に、駅西口に用意されていたロケバスに乗り込んで、三時間かけての長旅だった。

思い思いにリフレッシュしながら、広大な駐車場で、そぞろに群れを成す女性参加者たち。

車内での緊迫した空気から解放された安堵感からか、にこやかに笑みを浮かべて口々に言葉を交わしあう。さっきまでは闘志を燃やし合っていたはずなのに。

とはいえミクは、ちょっとやりすぎではないか。バスを降りてからというもの、むき出しの二の腕には鳥肌が立ちっぱなしだ。もったいない、せっかくの綺麗な肌なのに。

「うー寒い寒い。人生掛かったお見合いパーティーだからって、ちょっと張りきりすぎちゃったかな、えへっ」

ようやく自覚したみたいだ。苦笑いをしながら、ちいさな舌をぺろっと出す彼女。

「さくら。バスの座席にカーディガン置いてあるの。わたし、ちょっと取りに行ってくるね」

急ぎ足で車内に戻るミク。なんとなく気になったわたしは、彼女のあとを追い、バスのそばまで駆け寄った。

しばらくしてバスから白いカーディガンを羽織ったミクが降りてくる。そのとき、彼女は「あ、そうだ」と掌で口を押さえた。

「やだ、わたしったら浮かれちゃって。とっても大事なことを忘れるとこだった」

踵を返し、ステップを数段上る彼女。

「ドライバーさん、おつかれさまです。素敵なドライブでした」

なんと、運転席の中年男性ドライバーに、彼女はねぎらいの言葉を掛けに戻ったのだ。

ちらりと見えた胸のネームプレートには、矢栄《やはえ》と記されてあった。

「ありがとう、おじょうちゃん。そのひと言が嬉しいよ」

他の皆は誰もなにも言わなかったのに。ちょっとあざといんじゃない、と思ったそばから、軽く会釈をしただけの自分が恥ずかしく思えてもきた。

「えー、おじょうちゃんはひどいなぁ。こう見えてもわたし二十四歳のＯＬさんなのよ。酸いも甘いも知ってる、オトナのオンナなんだから。ねーさくら」

「ははは、ごめんごめん、おじょうちゃん」

「もうっ。まあいいや、帰りも安全運転お願いしますね、オ・ジ・サ・ンッ」

「こりゃ一本取られたな。ハハッ」

ミクのペースにハマるドライバーがおかしい。まあ、わたしも人のことは言えないか。

「じゃあね、おじさん」

「ああ、おじょうちゃん。がんばって素敵な未来を捕まえなよ、ミ・ラ・イをねっ」

中年ドライバーは口元に笑みを浮かべた。

「ＯＫ、まかせといてっ」

ミクはおどけて手を振った。

本当に不思議な娘だ。人の心を和ませるなにかを持っている。それに引き換え、わたしは……。

自己嫌悪に陥りかけたわたしの目に、駐車場にたむろしていた参加者たちが、まばらに入場ゲートへと向かっていくのが見えた。

その中でひと際目立つ、背のスラリと高い女性の姿が目に留まる。

つばの広い黒帽子に濃いサングラス。プラム・カラーの長袖フリルシャツに、黒のロングスカート。妖艶なオーラが異彩を放つ。

あんな人、バスの中にはいなかったと思うのだけど。でも彼女、たしかどこかで見たような……。


「空広ーい。空気おいしー」

再びオーバーアクションで深呼吸するミク。

白いカーディガンを羽織っているものの、それでも寒そうだ。

「ホントに素敵な景色よねえ。ねえ、さくら」

たしかに本当にいい景色だ。都会とちがって空が広い。遠くの山脈《やまなみ》の新緑も、陽射しにキラキラと輝いている。さすがO県は「晴れの国」と称されるだけのことはある。

それにしても、だだっぴろい駐車場だこと。いったい何百台駐車できるのだろうか。

スタッフはもうとっくに到着しているはず。わたしは、それとなく周囲を見渡した。

「ねえねえ、さくら。あれって番組の人たちじゃない？」

公園の入場ゲート付近でたむろしている五〜六名の集団が、さっきからこちらを見ている。

全員、同じカーマイン・レッドのキャップ。その中の二十代後半とおぼしき男性が、足早に駆け寄ってきた。

「みなさーん、長旅お疲れ様でした」

わたしたち一行に向かって大声で話しかける男性。この番組のアシスタント《A》・ディレクター《D》だ。

点呼を取りながら、入場チケットと園内マップを配布する。

受け取るとき、一瞬目が合った。けれどお互い、素知らぬ顔で視線を外す。

「まだ収録まで時間がありますので、しばらく各自ご自由に園内散策を楽しみながら、仲間と親睦を深めてください。現在は午前九時です。二時間半後の午前十一時半に芝生広場に集合してくださいね。では解散」

「さくら、早く入場しましょうよ」

園内マップを片手に、はしゃぎながらわたしの袖を引っ張るミク。その直後、さっきマナーモードを解除したばかりの携帯のメール着信音が鳴り響いた。

すぐさま内容を確認する。彼だ。

送信者：幸田《こうだ》D

姫へ。カーマイン・レッドの密室で待ってる。～愛のコーダより

「ねえミク。ごめん、ちょっと先に行っててくれるかな」

「え、どうして」

不安そうな表情でわたしを見つめるミク。

「ちょっと仕事関係のメールが入っちゃって。ごめん」

「わかった。適当にウロウロしてるから、用が済んだらメールしてね」

「うん、ごめんね」

「じゃあ、お仕事がんばってね。あ、そういえば、さくらってなんの仕事してるの？」

最後の台詞は聞こえなかったふりをして、わたしは足早にミクのそばを離れた。

彼女を含む参加者が園内に入場したのを見届けると、わたしは広大な駐車場をぐるりと見回した。

その片隅に、わたしたちの乗ってきたロケバスと同じ色をした派手なライトバンを発見。カーマイン・レッド、この番組のイメージカラーだ。

——いた。

周囲に目を配りながら、わたしはライトバンへと駆け寄った。

◆

「おはようございます。お疲れ様です」

進行方向左側のスライド・ドアを開けながら、形式ばった挨拶をするわたし。

「やあ、待ってたよ。本日のヒロイン、麗しきチェリー姫のお出ましだ」

二列目右側の席に男が座っている。おなじみのおどけた口調と芝居掛かった大げさな手振り。

「お久しぶりです、幸田ディレクター《D》」

ロングスリーブのTシャツに、チャイナ・オレンジの薄手のニットを、ご丁寧にもプロデューサー巻きして、ザ・業界人という出で立ちだ。

車内だというのにレンズの色の濃いファッショングラスを身に纏《まと》い、右手の薬指にはスカルリングが鈍色に輝いている。

この、いかにもな様相の男は番組ディレクター兼放送作家の幸田晶《あきら》だ。

いわば今回の仕事における、わたしの上司である。そう、わたしは、このヤラセ番組を盛り上げるために、タレント事務所から派遣されてきたのだから。

「水クサいなあ、さくらちゃん。俺に向かって敬語はナシよ。コーちゃんって呼んでよ、コーちゃんってさ。こないだの打ち上げで、あんなにも激しく燃え上がった仲じゃない」

誤解を招くようなことは言わないでほしい。一方的にしつこく付きまとわれただけだ。

「ディレクターとフレンドリーにするのも、上を目指すタレントさんの大事なオシゴトだよ。さっ、ここに座って、ここ」

左手でシートをたたく幸田。周囲を見渡しながら着座して、わたしはスライド・ドアを話だけど。

閉めた。

「長旅おつかれーカツカレー。いやあさくらちゃん、相変らずきゃっわいぃーねぇ」

……サムすぎる。たしか三十六歳って言ってたっけ。噂では五歳はサバを読んでるって話だけど。

年のわりにはスリムな体型。幸田は、黙っていればかなりの男前だ。だけど、このおちゃらけたキャラがどうも生理的に受けつけない。軽い男は苦手だ。

「その衣装もよく似合ってるねぇ。なんてったって、この俺サマの見立てだからね」

舐め回すようにわたしを見る幸田の視線がミニスカートの下あたりで止まる。

キモい。

「ちょっと短くないですか、これ。色も派手すぎるし」

もうすこしセンスのよい衣装はなかったのだろうか。

「わかってないなあ、さくらちゃん。チェリー・ピンクはさくらちゃんのイメージカラーじゃん。ほら、この壮大なロケーションを見てごらん」

スモークガラスの外を指差す幸田。

「緑あふれる春の野山には、マゼンタ濃いめの桜色が映えるのよ。いわゆるベースカラーとメインカラーの補色効果ってヤツ。そこに白いスカートと光り輝く太ももが、賑やかな色彩の中でひと際目を引くアクセント・カラーとしての役割を果たすんだよね」

幸田は美大出身だそうで、色に関してはなにかとうるさい。

ちなみに番組カラーのカーマイン・レッドは女の子のランドセルをイメージしており、未知なる出会いに胸を膨らませる乙女心の暗喩らしい。

「あのときの衣装も、ちゃーんとこの色だったでしょ？」

以前、幸田の企画・演出した番組に出演したときのことを思い出す。忘れもしない、それは肌寒い、昨年の秋のことだった。

◆

『決戦、華の乙女たち！　艶めく水中花の悶絶水着バトル』という深夜枠の単発バラエティ番組。そのときにわたしは、まるで品のないチェリー・ピンクのビキニを衣装として無理やり着用させられたのだ。

春野《はるの》紅葉《べには》、椿《つばき》陽子《ようこ》、河合《かわい》百合《ゆり》、桃瀬《ももせ》久美《くみ》、小早川《こばやかわ》鈴蘭《すずらん》、榊原《さかきばら》スミレ、山本《やまもと》菖蒲《しょうぶ》、戸世田《とよた》花蓮《かれん》、そしてわたし桜子。花の名前の付いた大勢のマイナー・グラビアタレントたちを一同に集め、『愛の水中花』と称して水着にさせ、屋外プールでいろいろとギリギリの競技をさせる。そんな世にも下世話な番組だった。

しかも、水着の番組なのに、放送は冬。まさにB級っぽさ丸出しである。

もし有名になれたら真っ先に消し去りたい黒歴史だ。

司会は中堅お笑いタレントの森田《もりた》たかし。今回のお見合い番組の司会と同じ人物だ。

特別ゲストは、今をときめく新鋭ファッションモデル「RayCar《レイカー》」こと梅原麗華《うめはられいか》。背が高くてスタイル抜群、ロシア系ハーフの超絶美女だ。

彼女はわたしたちB級タレントとは異なり、水着着用なしの特別VIP待遇。プールサイドだというのに、黒いレースのエレガントな長袖ドレスを身に纏っていた。

しかも黒いタキシードを着た白髪の老紳士が、彼女のそばで高級そうな日傘を差しかけているという豪華なおまけつきで。

彼女のゴージャスさに華を添える番組上の演出かと思いきや。彼は梅原麗華のマネージャーで、普段からこのような身なりをしているのだとか。それを幸田が面白がって、あえて画面に映るよう演出したらしい。

芸能界は、まさに格差社会。彼女のようにメジャーで輝かしい存在になれたなら、あんな恥ずかしい姿を公衆の面前に晒さなくても済むのだろうに。

番組収録後は打ち上げに強制参加させられた。いつも仕事と割り切っているが、賑やかな場所の苦手なわたしにとっては、密かに辛い業務のひとつである。

おまけに二次会では不覚にも幸田に捕まってしまい——。

「実は今度、アイドル・ユニット組んで番組つくろうと思ってさ。梅ちゃんと桃ちゃんと桜ちゃんんで、ユニット名は『ウメ・モモ・サクラ』なんてどぉ？　だからさ、このあと、ホテルでゆっくり打ち合わせ——」

なんて冗談まじりに口説かれた。当然、適当にかわしたけれど。

『お仕事やるから一夜を共にしろ』なんて、業界人の常套句だ。

対面席の幸田が、ドヤ顔でお猪口《ちょこ》の日本酒をぐびっとあおった。豪華なトロのお刺身のツマを箸でほじくり散らかしている。行儀が悪い。

飛ぶ鳥を落とす勢いの梅原麗華を〝梅ちゃん〟呼ばわりするのも、それが出来る自分の立場をひけらかしたいのだろう。

「シーッ。実は、奥サマここだけのハナシ――」

幸田が、わざとらしく口に手を添え、わたしに顔を近づける。

「今回の収録ってさ、密かにユニット・メンバー選抜オーディションの意味合いもあったんダネイ。いわゆる水着審査ってワ・ケ」

「…………」

一瞬、真に受けそうになったが、すぐに「今思いついたにちがいない」と考え直す。

仮に本当の話だとしても、人気の梅原麗華を絶対的センターとして売り出し、わたしたち無名タレントを引き立て役に、との魂胆だろう。まさに刺身のツマ扱いだ。

チャラチャラしたアイドルなんかに興味はない。目標とするのは女優である。わたしは素っ気ない表情でカシスオレンジに口を付けた。

「うむむ、興味ナッシングっぽいですな。ちぇっ、コーちゃんツマんないっとはまさにこのこと！」

実につまらないダジャレと共に、むしゃむしゃとお刺身のツマの大根を食べ散らかして席を立つ幸田。わたしに脈がないと諦めたのか、お次は梅原麗華のところへと向かっていった。

まったく調子のいい男だ。

◆

「その後、お仕事は順調に入ってるかい。顔合わせた途端にゴロニャーンと言い寄るってくるくらいじゃなきゃ開花できないよ、純情つぼみのチェリー姫」

大きなお世話だが、正直痛いところでもある。冗談でもそういうことをしないから、この世界で今ひとつパッとしないのかもしれない。

あのときの幸田の誘いを断って以来、システム手帳のスケジュール欄も空白が目立つ。

「さてと、前置きはこれくらいにして、そろそろ本題に入ろうか」

足元の黒革の鞄からクリアファイルを取り出し、ニヤリと笑みを浮かべながら幸田は言った。

「それでは姫、これより本日のシナリオを発表します」

幸田が意味深な顔をする。

「最初に言っておくけど」

彼はファッショングラス越しに、わたしの目をじっと見つめた。

「今回のサクラは、さくらちゃんひとりじゃないから」

「あ、そうなんですか」

ある程度は予想していたから、別に驚きはしない。

「本日の一番人気のヒロインは、もちろん我らがチェリー姫。その設定は言わなくてもわかってるよね」

こくりと無言で頷くわたし。

「ちょっとこれ見てくれる？」

幸田はクリアファイルの束を、わたしの目の前に差し出した。

ファイルを受け取る。参加者である男性陣の顔写真と全身写真が添付されたプロフィールだ。わたしはつらつらとページを捲《めく》った。

二十代半ばの同世代から、四十代後半のおじさんまで。これといった特徴のない面々だ。可もなく不可もない。とはいえ一般人なのだから、当然ではあるのだが。

中には強烈なオタク臭が漂う青年も混じっている。幸田とは別の意味で生理的に受けつけないタイプだ。そのせいか、妙な吸引力があって目が離せない。

「――ん？」

そんな中、ふと、ひとりの写真に手が止まる。

そこには、はにかんだ笑顔のイケメンのプライベート・ショットがあった。シンプルなブルーのシャツに濃い色のデニム。

「さすがチェリー姫、お目が高い。彼が本日のターゲット。なかなかイケてるでしょ」

ショートヘアに浅黒い肌。なにかスポーツをやっていたのだろうか。痩せ型だが、肩幅はがっしりしている。目は大きくはないが涼しげ。スッと通った鼻筋と品のいい大きな口元が特徴的。なにより清潔感のあるさわやかな笑顔。

純朴で誠実そうな好青年といった印象だ。

「おやー。さくらちゃん、ちょっとほっぺがサクラ色だよ」

幸田が、わたしの横顔を覗き込みながら、ニヤニヤといやらしい笑みを浮かべる。

「バ、バカなこと言わないでくださいよ」

「クックックッ、いやー、怒った顔もきゃっわいいねえ。さくらちゃんの考えてることは、ちゃーんとお見通しなのさ。密かにタイプでしょ」

また痛いところをつかれた。否定できない自分が悔しい。

「ホント、こういう男ってモテるよねえ。女の子の願望が服を着て歩いてるって感じ。羨ましいわぁ」

どこかで聞いたことのあるような台詞だ。

「彼の名前はタツヤ。年齢は二十六歳。おそらくタツヤは本日の一番人気になるだろう。そこは納得かい」

こくりと無言で頷く。

「間違いなくそうなるはず。実は小細工もしてるしね。数ある応募者の中から、今回目を引くイケメンは、あえてタツヤひとりしか選ばなかったのさ。他の連中は、すべてタツヤの引き立て役ってわけ」

職権濫用。まったく悪どい男だ。応募してくる人たちの切実な気持ちを考えたことはあるのだろうか。

わたしがそんな偉そうなことを言えた立場ではないのは重々承知だけれど……。

「対するは女子一番人気のさくらちゃん。君のその清純そうな笑顔と美脚に、男たちは一〇〇パーセント悩殺される。それはタツヤだってきっと例外ではない。さくらちゃんにはそれだけの魅力がある。そこは自信を持っていい。俺が保証する」

清純〝そう〟はよけいだ。幸田に保証されても嬉しくもなんともないが、悪い気はしない。

「男性陣のザコ共は、ほっといてもプリンセスの元へ殺到する。いいね」

まあ、正直自信は……ないわけではない。

「だが、おそらくプリンス・タツヤは人気ナンバー・ワン女子の元には積極的には来ない。ああいうタイプは大概そうなんだよ。俺の長年のカンだ」

「言われてみれば、たしかにそうかもしれませんね。写真の印象では受け身というか」

「自分のさわやかさを計算に入れているんだよ。女子っつうのは、ほっといても向こうから寄ってくるもの。自信の表れさ」

わからないでもないが、幸田らしいひねくれた物の見方だ。きっと子供の頃はいじめられっ子だっただろう。

「じゃあ、わたしのほうからアタックするんですか」

聞き返すわたし。おもわず眉間にちいさく皺《しわ》が寄る。

「ちがうね。都会の肉食系女子っつうのは、純朴な田舎青年の好みじゃない。ガツガツ攻めてもなにか裏があるんじゃないかと警戒されるのがオチだ。相手が美人であればあるほどにね。ああいうタイプの面倒くさいところだよ」

「それじゃあ、番組が盛り上がらないんじゃないですか」

チクッと皮肉を言ってみる。お返しだ。

その刹那、幸田のファッショングラスの奥の目がギョロリと光った。

「ふふふのふ。だからここで、君に必勝法を伝授する」

「必勝法？」

「さくらちゃんは、女性参加者の中から誰かひとり仲良しさんを選び、その娘とずっと行動を共にする。ひとりでいい。いや、ひとりがいい。そのほうが効果的だ」

ミクの顔が脳裏を過《よぎ》る。

「パートナーをつくるわけですね。それから？」

「それだけ」

「それだけ？」

拍子抜けな返答に、おもわず仰け反るわたし。声も上ずる。

「そう。楽チンでしょ。人選はさくらちゃんにお任せするよ。コンビは相性が大事だからね。そうだな、欲を言えば、そこそこ可愛くて愛嬌のある元気娘がいいな」

そのまんまミクではないか。

「相棒ちゃんは、ほっといてもタツヤに夢中になる。だって他は、微妙な男だらけなんだから当然だ。積極的な彼女は、おそらくタツヤにアタックするだろう。さくらちゃんは、その娘の横でただ微笑んでいるだけでいい」

「引き立て役を設けろ、ということですか」

「さっすがは姫、察しがいいね。これで人気ナンバー・ワン同士のショットは成立する。くれぐれも前へ前へと出ちゃダメだよ。その役は元気娘のピエロちゃんに任せて、君は純情つぼみのチェリー姫を演じるんだ」

ミクの気持ちは考えないのか。幸田は悪魔だ。

「ちなみに先日、電話で『一般参加者への感情移入はご法度』って口が酸っぱくなるほど言っといたよね。ちゃんと守れてるかい。まさか、バスの中で『もう仲良しさんつくっちゃった、エヘ♪』なんてプロ意識の欠けたヌルいこと言わないよね」

「え、ええ。もちろん……」

もちろん、言えるはずがない。プロ失格だ。

「タツヤ攻略法は以上。そして運命の告白ターイム！　でございます」

慇懃《いんぎん》な口調で幸田が叫ぶ。耳元で大声を出さないでほしい。

ちょっと唾が顔に掛かった。上司との大切な打ち合わせ業務とはいえ、さすがに辛い。

「男どもは一番人気のさくらちゃんの元へくる。きっと殺到するだろう。当然、その中にはタツヤも含まれている」

「もし万が一、タツヤくんがわたしを選んでくれなかったら」

「おいおい、なんのために必勝法まで授けたんだよ。あんな田舎のウブな兄ちゃんひとりを魅了できないようじゃあ、全国の男たちに夢を与える演技派女優への道は遠いんじゃない？　ねえ、さーくらちゃん？」

カチンとくることを言う。望むところだ。

「誰もが理想のカップル誕生と息を飲む瞬間。うーん、ドラマチックだねぇフレデリック・ダネイ」

意味不明のおやじギャクだ。マニアックすぎて伝わらない。

「で、わたしは皆の期待どおりに彼を選ぶ。そして収録が終わったら、後腐れなくバイバイ。実はイケメンのタツヤくんは、わたしと同じくタレント事務所から派遣されたサクラだったたって結末なんですよね」

安っぽい三文小説のようなオチだ。実にくだらない。

「チッチッチッ、さくらちゃんも甘いなあ。この俺サマが、田舎のいたいけな好青年クン捕まえて、そんなセコいトリック使うワケないっしょ。だいたいタツヤがサクラだったら、いったいなんのための必勝法なのよ」

言われてみればそのとおりだ。

「神様仏様エラリー・クイーン様に誓ってもいい。彼は正真正銘の一般参加者だよ」

「本当ですね、約束できます？」

「ああ、エジプト十字架に誓ってもいい」

幸田は、こう見えてガチガチの本格ミステリマニアだ。フェアプレイにはかなりうるさい。

◆

思い起こせば一年半前。わたしが事務所に籍を置いて半年が過ぎた頃だった。

当時、私は所属するタレント事務所の女社長、秋元楓《あきもとかえで》に連れられてテレビ局へ挨拶回りに出向いていた。

当然、やり手のディレクターとして名を馳せていた幸田の元にも足を運んだ。

ファッショナブルでスリムで男前な、仕事の出来る敏腕ディレクター。以前から、そんな噂を社長から聞かされていた。

だから実際に会う前は、淡い期待に胸を躍らせたりもしたのだが――。

「おつかれー業界魚介カレー。おおう楓ちゅわーん、お久しブリの照り焼きブリリアント。

うーん相変わらずの輝かしい美貌ダネイ」

ロビーのソファでふんぞり返っていた男は立ち上がり、大げさな身振りでチャラい台詞を発した。いかにもな業界人風だ。

「相変わらずお上手ね。こんな年上のおばちゃん捕まえて、調子のいいこと言っちゃって」

「たしか独立して、事務所を立ち上げたんだって。お仕事順調？」

「ええ、おかげ様でほどほどには」

「ん、チミ新人ちん？　むっひおほょー、めっさきゃわういいいやあああん！　ね、ね、名前はなんつーの？　ボクちんコーちゃん、よろぴくぴくー！」

初対面でいきなりの業界ノリ炸裂。わたしはドン引きすると共に、果てしなく幻滅した。最悪の第一印象である。

そんな硬直しているわたしの代わりに、社長が答えてくれた。

「桜子です。本名ですが苗字は省略して、覚えやすく名前だけを芸名にしています。よろしくお願いしますね、コーちゃ……幸田ディレクター」

彼女は目の前のチャラ男と異なり冷静で落ち着いた人物だ。おまけにアラフィフながらスリムな体型の美人である。

元はサスペンスドラマの女優をしていて、数年前に現役を引退し芸能マネージャーに転身。その後、独立して事務所を設立したそうだ。ちなみに幸田とは旧知の仲らしい。

「おっしゃ、まかせときー！　楓ちゅわんの頼みならコーちゃんプッシュプッシュしちゃう」

「桜子、あなたも幸田さんにご挨拶なさい」

「よ、よろしくお願いします」

プロフィール表を差し出すわたし。

「ふーん、趣味は読書か。フツーに無難だね。会社の面接の履歴書みたいだな」

そんなことを言われても、本当に趣味なのだからしょうがないではないか。

「……ってなこと履歴書に書いて、本当に趣味が読書ってヤカラを俺は見たことないんダネイ」

第二印象も最悪である。

「なになに、尊敬する人物は——っと。両親かぁ、これまた平凡ダネイ」

それも本当だからしょうがない。

しかし、ダネイダネイと語尾がくどくて耳障りだ。

「まっ、可愛くて美人だからどーでもいっかぁ」

わたしの人となりなど、どうでもいいのか。正直カチンときた。

つまらなそうな顔でそっぽを向きながら、幸田はポソリとつぶやいた。

「ってまあ、かの聡明なる名探偵も言ってたしなあ。『父親って本当にありがたいものです。しかし——』」

思わず、わたしは反射的に言葉を受け継いでいた。

「『――もっとありがたいものが一つだけあります、それは母親ですよ』」

何故なら、それはわたしの好きな海外古典ミステリ小説『ギリシャ棺の謎』の一節だったからである。

それを聞いた瞬間、今度は幸田が硬直した。

急激に真顔になり、ファッショングラスの奥の目の色が変わる。

「……君、クイーン読むのか？」

「エラリーの台詞ですよね、フレデリック・ダネイさん」

「いいねえ、ゾクゾクするねえ」

幸田はニヤリと微笑んだ。

「楓ちゃん、この子使えそうダネイ」

◆

それが幸田との出会いだった。そしてすべての間違いの始まりでもあった。

おかげで妙に気に入られて、彼の手掛ける番組に出してもらうようになったのだが、どの仕事もゲスでくだらない内容のローカル深夜番組。とてもわたしの希望する仕事ではなかった。

おまけに毎度打ち上げなどのときには「あの叙述トリックはあーだ」とか「あのアリバ

イトリックはコーダ」とか、サムいダジャレ混じりに懇々とマニアックなミステリ談義を聞かされる羽目になってしまったのだ。

　まあ、わたしもそこは毎度ついつい話に乗ってしまうのだけれど……。

　ともあれ、そんな真性かまってちゃんな本格ミステリマニアの考えることだ。今回もなにか裏があるにちがいない。

　神聖なるミステリの十字架に誓われたところで、どうにも信用できるはずがない。

「仮に百歩譲ってタツヤくんがサクラでないとして。それじゃあ、カップルになったあと、それとなくフェードアウトして純粋な彼を振りきれって言いたいわけですか。残酷ですね」

　いくら仕事とはいえ、そういうのはちょっと勘弁してほしい。わたしにだって良心はある。

「はーい残念でした、聡明なる麗しきペーシェンス嬢」

『Zの悲劇』のヒロインの名前だ。

　本格ミステリの神、エラリー・クイーンの代表作『エジプト十字架の謎』と並ぶ『悲劇四部作』の第三部。たしか女性一人称のスタイルだったはず。

　自意識過剰な語り口調がちょっとうっとうしいなと思ったけど、シリーズ最後まで通しで読んで「なるほど。彼女を語り部にしたのは、すべてが繋がるこのトリックのためだったのか」と驚愕した覚えがある。

　ちなみにエラリー・クイーンとは、フレデリック・ダネイとマンフレッド・ヴェニントン・リーの従兄弟同士による合作ペンネームだ。

幸田がよく口にする「うーん、ドラマチックだねぇフレデリック・ダネイ」との駄洒落は、そこに由来するものである。

マニアックすぎて、わたしにしか伝わらない。ドラマチックどころか公害レベルのオヤジギャグだ。

「じゃあ、いったいどうするんですか」

「うーん、そのふてくされた顔がサイコーダネイ」

ニヤニヤする幸田は指でフレームをつくり、わたしを覗き込む。カメラマンがよくやる仕草だ。


「では姫、そろそろ解答編といこうか」

幸田がクリアファイルをわたしから奪う。

そしてあるページを開き、わたしに再度手渡した。

「ちょっと、これ見てくれる？」

「…………」

うっ、さっきのオタク青年だ。

履歴書かなにかの証明写真だろうか。ボサボサの黒い長髪。ブラインドのように垂れ下がった前髪と分厚いレンズの黒縁眼鏡。

首元がヨレヨレのねずみ色のTシャツからは、頼りなさげな細く青白い首筋が覗く。肩の辺りの大量の白い粉はフケだろうか？

肝心の顔は前髪で隠れてよく見えないが、写真全体から不潔なオタク臭が漂っている。

ひと言で言うと、キモい。

「彼、キモいでしょ。名前は吉野《よしの》。年齢はタツヤと同じく二十六歳。モサい男どもの中でもひと際目立つ、本日のワースト・ワン候補だ」

幸田とは別の意味で無理。フケが致命的だ。

「この吉野には、それとなく優しく接しといて。女神さまの慈悲ってヤツだ。それはそれでいい画《え》が撮れる。いいね？」

「は……い」

仕方ない。ちょっと抵抗はあるが、ここは仕事と割りきらなければ。

なかなか次の指令を出さずに沈黙する幸田。もったいぶっているみたいだ。

「そして？」

痺れを切らしたわたしは、答えを急かした。

すると幸田は「待ってました」と言わんばかりに口を開いた。

「さくらちゃんは『お願いします』の猛ラッシュを振り切り、一番人気のタツヤを振って、一番不人気のモサ男、吉野を選ぶ」

「――なるほど、どんでん返しですね」

「イエス。あまねく全国の残念モサ男な視聴者に、女神の慈悲という名の大いなる夢と希望を与える。くーっ、俺って救世主ーっ」

「わたしに、慈悲深いヒロインの仮面を被れというういうことですね。優等生のイケメンじゃなく、冴えないダメ男《お》くんを結婚相手に選ぶような」

「そういうことでございマスカレード」

マスカレード——仮面舞踏会、か。

「ところで、さくらちゃん。『歎異抄《たんにしょう》』って知ってる?」

「ええ、たしか浄土真宗《じょうどしんしゅう》の聖典だということくらいは……」

「おっ、若いのに物知りダネイ。そう、浄土真宗の開祖である親鸞聖人《しんらんしょうにん》。作者は本人ではなく、弟子の唯円《ゆいえん》とされている」

ほう。

「その中に『善人なをもて往生をとぐ、いはんや悪人をや』という言葉がある。悪人こそが阿弥陀如来《あみだにょらい》の本願による救済の対象」

「はあ……」

「これは悪人正機《あくにんしょうき》という、浄土真宗の教義の中で重要な意味を持つ思想なのさ」

お説教くさいことを言う。おじさんの証拠だ。

「ようするに、優等生のイケメンには、ほっといても素敵な未来が待っている。むしろ残念無念なダメ人間であればあるほど、神様仏様女王様《クイーン》は手の差し伸べ甲斐があるってことさ」

　なんだか、わかるようなわからないような微妙なたとえだ。

「阿弥陀如来のように慈悲深いヒロインは、きっと全国のモサメンダメ男たちの胸を打つ」

「でも、それって、救いの女神はあくまで仮面なんですよね。そっちのほうがよっぽど残酷じゃないですか。それに吉野って彼がわたしを選んでくれるとは限らないですよ」

「クックックッ、心配ご無用。ヤツは一〇〇パーセントさくらちゃんの元に来る。そして一〇〇パーセント傷つかない。そう、何故なら」

　ゆっくりと右手の人差し指を真上へ突き立てる幸田。

「何故なら、もうひとりのサクラは彼——ってことですね」

「ご明察。あいかわらず頭の回転が速いねぇ。そういうとこ大好き。チュ」

　幸田の投げキッスを心の中で払い除ける。わたしはふてくされながら視線を外した。

「お世辞なんかいいですよ」

「ただひとつ、さくらちゃんとちがってね。ヤツはタレントじゃなくウチの番組ＡＤなのよ。シロウトっぽくていいでしょ。なんてったって、一番モサいヤツをチョイスしたからね」

「なるほど。たしかにそれなら視聴者に、ヤラセがバレる心配も回避できますね」

「ちなみに吉野ってのも偽名だから。ネーミングの由来は——」

　指先でつんつんと、わたしの着ているチェリー・ピンクのカーディガンを示す幸田。

「ソメイ――ヨシノ？」

「さくらちゃん、冴えてるぅ。完敗です名探偵」

まあ、シナリオとしては悪くはないかも。

そのタツヤくんにはちょっぴり申し訳ないけれど、別にわたしから仕掛けるわけでもないし。収録が終われば、きっとわたしのことなんて、すぐに思い出に変わるだろう。

それよりもミクだ。

出会ったばかりとはいえ、幸田の忠告を無下にしたわたしのプロ意識のなさが悪いとはいえ……。彼女の純真な気持ちをもてあそぶのは、あまりにも酷すぎる。

ミクをピエロ役にはさせたくない。今から別のパートナーを探そう。

「ひとつ聞いてもいいですか？」

「なに？」

「どうしてわたしは、吉野――さんのように偽名を使わないんですか」

本名でもあり芸名でもある桜子としての出演だ。視聴者に〝サクラ〟とバレないのだろうか。

「さくらちゃんってモデルの仕事もやってるでしょ」

「ええ、バイト感覚でたまにですけど」

実は、今やそっちが本業なくらいだ。もっとも、モデルと言えば聞こえがいいが、通販のカタログやスーパーのチラシなど、単発で地味なものばかりではある。

「そっちが本業ということにしといたから。都会のしがらみに疲れた美人モデルが一念発起して田舎のお見合いに挑む、という設定。カップルになった吉野とは『遠距離恋愛がうまくいかなくて別れちゃった、クスン』とかテキトーにでっちあげればいい」

なるほど。

「傷心ヒロインのその後を番組で追跡するのも面白いな。さくらちゃん、全国ネットの仕事はこれがはじめてだよね」

残念ながら、おっしゃるとおりだ。

「いわばこれは、君のために用意されたシンデレラ・ストーリーだ。栄えある女優デビューへ向けての素敵な花道になるよ」

「シンデレラです……か？」

「そう、傷心のヒロイン桜子。その痛ましくも健気な姿に心打たれた視聴者のリクエストに応え、番組で追跡取材をする。この企画が成功すれば、それが業界のお偉いさんの目に留まり、予《かね》てからの希望であったサスペンス・ドラマの女優としてオファーを受ける。それこそが、僕が君のためにオーダー・メイドしたガラスの靴。まさに現代版おとぎ話じゃないか」

それなら納得だし、やる気も出る。

「今回の企画は力を入れているんだ。いろいろと裏でコネを使って、業界の注目が集まるように働きかけたしね。だからウチのプロデューサーをはじめ、お偉いさん方が目を光らせて着目している。彼らは今回サクラが登場する裏事情を当然知っている。いわば人気女優への登竜門だ。オーディションのつもりでがんばりなよ」

「はい」

「証明終了《Q.E.D.》。じゃあゲームのはじまりね。プリンセス、心の準備は？」

「OK、まかせといて」

彼女の台詞を真似してみる。コンビ解消の決意証明だ。さよならミク。

「おっ、やっとタメ口きいてくれたね。コーちゃん感激ぃ！」


幸田は、カーマイン・レッドのライトバンから降りようとするわたしを引き止めた。

「おっと、最後にひとつだけ。冒頭でいきなり解答編をネタバレしちゃったからね。さくらちゃん自身はこのあとつまんないでしょ。実は親愛なる姫君へ、このイベントを心からご堪能していただくためのサプライズをご用意いたしました」

わたしの目をじっと見つめながら、右手の人差し指を真上へ突き立てる幸田。その指がファッショングラスと交差《クロス》する。

「サプライズ？　いったいどんな……」

鈍色の光彩を放つ薬指のスカルリングが、幸田の眉間の辺りで首を傾げる。

「それはフタを開けてのお楽しみ。では、楽しいゲームを」

――わたしにはそれが、十字架に磔《はりつけ》にされた屍《しかばね》のように見えた。

◆

午前十時。屋台広場の「レンガ通り」。カラフルなパラソルやテントの下に、様々な種類の屋台が数多く出店されている。集合時間まであと一時間半だ。

背後にはオレンジ色のテラコッタタイルと素焼き瓦が特徴的なプロヴァンス建築のショップが立ち並び、ヨーロピアンな街角といった風情を醸し出している。

数日前から業務資料として渡された園内パンフレットによると、ここ『ふれあいファーマーズ』は「太陽に恵まれた南欧の農村《ファーム》」をコンセプトとしたテーマパークなのである。

普段、ここは園内で一番賑わう場所らしい。だけど平日の午前中ということもあり、人通りはまばらだ。

幸田との打ち合わせのあと、わたしは携帯でミクをここに呼び出した。

賑やかな場所のほうがドサクサに紛れられていいかな、と思っての選択だったが。どうやら見込みちがいだったみたいだ。

「そうなんだ……」

わたしが事情を告げると、ミクが悲しげな顔をしてうつむく。

わたしたちは、通りの片隅にある古ぼけた背なしのウッドベンチに並んで座っている。腐食しはじめた座板が、若干ささくれ立っている。

しばらくの沈黙のあと、わたしは彼女に「別行動をしたい」と率直に申し出たのだ。

「真剣に出会いを求めに来てるから、仲良しごっこはちょっと……」みたいなことを冷たく言い放ったような気がするが。後ろめたさで舞い上がっていたせいか、詳細を覚えていない。

すぐに別の子とペアをつくるのだから、そんな嘘はすぐにばれてしまう。その場しのぎの言い訳だ。きっと気を悪くするだろう。

透明のプラスチック・カップを両手で握り締め、うつむくミク。彼女のちいさな手に包まれたストロベリー・サンデーが、紅色の渦を巻いて溶けはじめている。

「うん、いいよ。気にしないで。そうだよね、遊びに来てるんじゃないもんね。わたしたち、素敵な未来を摑み取るために、ここに来てるんだもんね」

首を大きく振り、視線を遠くに投げかけるミク。そして「よいしょ」とベンチから立ち上がると、その視線をわたしに向け、ぎこちない笑顔で右手をひらひらと振った。

「お互いがんばりましょ。じゃあね。帰りのバスの席は一緒だよ」

ミクは、足早にわたしのそばから離れていった。素敵な未来を、か。みらいと書いてミク、名前どおり、彼女に素敵な未来が訪れますように。

彼女の置き忘れたストロベリー・サンデーが、すっかりドロドロに溶けてしまった。帰りのバスの気まずさを思い浮かべながら、わたしはそれをベンチそばのダストボックスに放り投げた。

こうしている間にも、時間は刻一刻と過ぎていく。

「さて、と。感傷に浸ってる場合じゃない。急いでパートナーを探さなくちゃ」

　午前十時十分。それからわたしは、バスの中で見かけた顔を捕まえては、片っ端から節操なく声を掛けまくった。だけど他の参加者たちは、とっくに各々《おのおの》ペアやグループをつくり終えていた。

「あ、わたし親友とふたりで参加してるから。ごめんね」

「ごめーん。わたしたち、もうこの三人でって決めてるから」

　そんな調子で、健闘むなしく皆につれなくかわされてしまう。

「ねえねえ、あの子と一緒だと、いいとこ全部持っていかれそうで嫌じゃない？」

「嫌よねえ、引き立て役はちょっとカンベンよねえ」

　去り際に大きな声の内緒話が聞こえてくるのを、わたしは聞き逃さなかった。

　もともと社交的ではなく、女友達をつくるのは大の苦手。きっと下心も悪いほうに作用しているのだろう。

　完全に出遅れてしまっている状況が恨めしい。

　何故、幸田はもっと早く、わたしに指示を出してくれなかったのだろう。

　しかし、下品でチャラくて芝居掛かっていて、どうしようもない性悪男の幸田だけれど、今回のイベントはわたしのためのシンデレラ・ストーリーだと言ってくれた。

　地方出身で東京の女子大へと進学したわたし。卒業と同時に芸能界に入り、早二年になる。しかし未だ、まともな仕事が舞い込んでこない。

所属する芸能事務所が弱小なせいもあるのだろうが、対人関係や自己アピールの苦手なわたしには、なかなかチャンスが巡ってこない。

来るのは今回や前回のような、幸田の企画する下世話な番組ばかりだ。

「桜子、三年やって花が咲かなかったら帰って来るのよ」「お前は我が家の大事なひとり娘なんだ。なのに芸能界なんかに入ってしまって。お父さん心配でしょうがないよ」と、芸能界入りを反対しながらも、遠くから温かく見守ってくれている田舎の両親の顔が脳裏を過る。

モデルやグラビアタレントまがいの仕事なんて、単なる明日へのステップ。幸田はわたしが演技派女優を目指していることをよく知っている。実は例の打ち上げの席で、酔いに任せて彼に滔々《とうとう》と語ってしまったから。

そして今、幸田はわたしにチャンスをつくってくれた。わたしは幸田のことをすこし誤解していたのかもしれない。がんばって彼の期待に応えなくては。

それにしても、幸田の言っていた「サプライズ」っていったいなんだろう……。


園内北西部にある「ふれあい牧場」。

放牧されている羊や山羊、囲われた園舎の中のウサギやハムスターと直接ふれあえる、家族連れに人気のコーナーなのだそうだ。そこの木柵の前で、フランクフルトを片手にひとりぼんやりと羊の群れを見つめているミクを遠目に見かけた。社交的な彼女のことだから、すぐに他のグループに入っていくものとばかり思っていたのに。

「本当にごめんなさい――ミク」

きっと、わたしに唐突にペアを解消されて、仲間づくりに出遅れたせいだろう。わたしのせいだ。罪悪感が針のように胸を刺す。

今の時点でひとりでいるのは、ミクとわたしと――バスを降りたときに見た、ミステリアスな黒帽子の女だけのようだ。


続いて屋台広場と芝生広場を結ぶ「アマリリス通り」へとやってきた。

お洒落でエレガントな遊歩道プロムナードといった風情の、カップルに人気がありそうな一角だ。

大きな樅《もみ》の木の下に設置された白いアンティーク調の背付きベンチ。そこに、黒帽子の女はさきほどからずっとひとりで座っている。

周囲には人を寄せつけない妖艶で神秘的なオーラがそこはかとなく漂っている。

つばの広い黒帽子に濃いサングラス。髪はロングウェーブのレッド・ブラウン。プラム・カラーの長袖フリルシャツの隙間から覗く、アングロサクソンのようにきめ細かな透明感を放つ白い肌。

色白のミクよりも更に白い。

物憂げな佇まいで文庫本を読み耽る彼女。

椅子に腰掛けているからわかりにくいが、背はかなり高い。百七十センチは優に超えている。

黒のロングスカートとレースの黒手袋に包まれたスラリと長い手足。帽子とサングラスが大きくて顔はよく見えないが、日本人離れした高い鼻筋と、ワインレッドの口紅に包まれた大きな口元が、ちらと垣間見える。

「彼女、恐ろしすぎるほど絵になってる……」

生唾を飲み込みながら、呆然と世界に引き込まれるわたし。後期ルネッサンスのバロック絵画を見ているようだ。まるで「麦わら帽子の女」とも呼ばれるルーベンスの『シュザンヌ・フールマンの肖像』のような——。

「いけない、見とれている場合じゃないわ」

腕時計を見る。午前十時五十分。集合時間の十一時半は、もうそこまで差し迫っている。あと四十分しかない。

幸田はパートナーの条件を「欲を言えば愛嬌のある元気娘」と言っていた。

目の前の彼女は真逆すぎるにもほどがある。だけど、選り好みなどしている悠長な時間はない。

わたしは、とりあえず声を掛けることにした。コンビは相性が大事。具合が悪ければ、そのときはしょうがない。開き直ってひとりでイベントに臨もう。

「こ、こんにちは、いいお天気ですね」

我ながら、ぎこちない第一声。黒いサングラス越しに文庫本に目を落としたまま、ノーリアクションの彼女。

無視しているのだろうか。バスの中での、ミクに対する自分の高慢な態度と重なる。

「ほんとに景色のいいところですね。えっと」

無言の黒帽子の女に向けて、掌を差し向けた。

「えっと……」

「普通こういうときって、ご自分から名乗るのが礼儀でなくって？」

「あっ、えっと、ごめんなさい」

ミクのことあれこれ言えないな。自己嫌悪だ。

さっきから、どうにも計算どおりに事が運ばない。そんな状況と入り混じって、得も言われぬもどかしさに苛まれる。

「そうですよね。はじめまして、わたしはさくら……」

「クックックッ」

うつむきながら不敵な笑みを浮かべる彼女。

なに、なんなのこの女。

「まだお気づきでなくて。桜子さん」

文庫本をパタンと閉じて膝に乗せ、わたしに顔を向ける黒帽子の女。

「えっ、どうしてわたしの名前を」

すっと黒帽子の女が立ち上がる。わたしは、思わず彼女を見上げた。

「相変らず人の顔を覚えるのが、お得意でないみたいね」

黒帽子の女は、レースの黒手袋をはめた右手を自分の顔に寄せ、そのままゆっくりと黒いサングラスを外した。

この世のすべてを吸い込んでしまいそうな、エメラルドグリーンの瞳と視線が合う。

その瞬間、激しい電流がわたしの全身を駆け巡った。

「お久しぶりね桜子さん。わたくしのこと、お忘れかしら」

う、梅原麗華……！

「梅原さん。な、何故あなたがここに」

「お決まりですわ、これはお見合い番組。わたくし都会の生活に疲れてしまいましたの。いけなくて？」

本名は『レイカ・サンドロヴィナ・ポドルスキー』。日本名を『梅原麗華』という。ロシア人の父と日本人の母を持つハーフのバイリンガル。日本では母方の姓を名乗っている。年齢は二十三歳。わたしよりひとつ年下だ。

昨年、ファッションモデル「RayCar」として彗星のごとくデビューした彼女は、業界に颯爽と新風を巻き起こした。

その後、日本名の梅原麗華として大手芸能プロダクションに所属。

注目株の新人タレントとして着々とスター街道を躍進している。

先ほど彼女の指摘にもあったように、人の顔を覚えるのが苦手なわたしは、スタッフや共演者の顔がまるで覚えられなくて、正直いつも困っている。

でもディープ・インパクト炸裂の彼女の存在だけは、そんなわたしでも鮮明に記憶に焼きついていた。

圧倒的な天性の美貌を持つ彼女だが、よくない噂も耳にする。

その上品な口調とエレガントな風貌に似合わず、中身は極めて貪欲なのだとか。裏の顔は「肉食野獣系女子《レディ・ビースト》」と、もっぱらの酷評だ。

高級外車を乗り回し、毎晩豪遊しているという話も聞く。金使いは相当に荒いみたいだ。

噂では梅原麗華の背後には、彼女が「パパ」と呼ぶ人物の黒い影があるらしい。圧倒的な美貌を駆使して、マクラ営業で現在の富と地位を築いているとか。そんなダークな風評があとを絶たない。

目的のためなら女の武器をも振りかざし、業界の偉い方々には簡単に体を差し出す。そんな彼女に付けられた裏の呼び名は「マクラのレイカ」。彼女の美貌と恵まれた活動をやっかんでの下世話な誹謗中傷なのかどうなのか、真偽のほどは定かではないが。

「あ、これ、ディレクターのコーちゃんからの頂きものですの。彼の愛読書なんですって。桜子さんも、読書がご趣味なんですってね。コーちゃんがそう言ってましたわ。よろしかったら、お読みになります？」

口を開けたまま茫然自失で立ち尽くすわたしに、彼女は読みさしの文庫本を手渡した。

「ご用がないなら、わたくし失礼しますわ。では、楽しいゲームを」

梅原麗華はそう言ってわたしに背を向けると、モデルウォークで颯爽と「アマリリス通り」を立ち去って行った。

第三のサクラ。増殖する異分子「ソメイヨシノ」のクローンたち。

ちがいすぎる。あまりにも話がちがいすぎる。わたしは勢いにまかせて、幸田に怒りのメールを送りつけた。


しばらくして、幸田から長文の返信が届いた。

件名：関係者各位
送信者：幸田D
本日正午より「チェリーゲーム【桜祭】」を開催します。
〜番組ディレクター幸田〜

★長すぎるにもほどがある追伸：

姫へ。サプライズ、お気に召していただけてなによりです。

たしかに俺は、サクラはさくらちゃん「ひとりじゃない」とは言ったけど、サクラは君とモサメン吉野の「ふたり」とはヒトコトも言ってないいんだなこれが。残念ダネイ～♪

それに男子のイケメンは「タツヤひとり」とは言ったけど、女子の美人は「さくらちゃんひとり」とも言ってない。あくまで「人気ナンバー・ワン女子」と形容したに過ぎない。

今回、俺の想定するヒロインはさくらちゃん、君だ。そこにブレはない。

ロシア人とのハーフで彫刻のような顔立ち。背が高くスレンダーなモデル体型。妖艶な魅力を放つ梅ちゃんは「美貌」という定義においては、はっきり言って君よりも格段に上。

だが、ああいう近寄りがたい超絶美女は、純朴な田舎青年のファンタジーじゃない。ましてや今回は田舎の花嫁探し。「高嶺の花にもほどがある」と、ドン引きされるのが関の山だ。

梅ちゃんにとっては、かなり分の悪い勝負になるだろう。

ただし、これらはあくまで俺が打ち立てた仮説に過ぎない。

「人気ナンバー・ワン女子はさくらちゃん」というのはあくまで俺の主観であり、絶対的な価値観ではない。すなわちタツヤが誰を選ぶかは保証できない。神のみぞ知る、だ。くどいようだが、本格ミステリの神に誓ってタツヤはサクラじゃない。俺は一切、ヤツにはなにも仕込んでない。

だから、さくらちゃんの好みのタイプはお見通しだけど、タツヤの好みなんて知るよしもない。

応募用紙には「素直で優しい家庭的な女性」とヌルいことを書いてはいた。だが、そんなの単なる詭弁《きべん》かもしれない。

よしんば本音だったとしても、ああいうピュアなタイプにかぎって、酸いも甘いも嘗め尽くした、百戦錬磨のキャバ嬢にコロリと騙されるってことはよくある話だ。

さわやかな優等生ヅラは実は仮面で、正体は女泣かせのエロ男爵なのかもしれない。もしかしたら梅ちゃんみたいな神懸り的な美女がジャストミートなのかもしれない。

タツヤの心の中は、タツヤ本人にしかわからない。

彼女のほうにもタツヤを振り向かせることに全力を尽くすよう指示を出している。

さっきも言ったけど、この番組は女優への登竜門。きっと最強のライバルである君を、彼女は全力で潰しにかかるだろう。

梅ちゃんの業界での噂は知ってるよね。目的のためなら手段を厭《いと》わない、通称「マクラのレイカ」。

いくら君が純情つぼみのチェリー姫でも、大人なんだから、この言葉の意味はわかるよね？

俺はアンフェアな勝負は好きじゃない。彼女には君とは異なる必勝法、すなわち「切り札」を授けてある。

彼女に託したカード。その内容は、ここでは言えない。もちろん彼女も君のカードを知らない。

ご承知のとおり、君には「道化師（ピエロ）」のカードを託してある。君が想像している以上に、このカードの効力は高い。そして、それをどう使うかは君の自由だ。

ターゲットはプリンス・タツヤただひとり。

ヤツに「お願いします」と見事言わしめたもの。その娘がゲームの覇者となり、一流女優への花道という大いなる栄冠を勝ち取る。これは番組とは別の「ゲーム」だ。

他のザコ共を何匹釣り上げようと、勝敗には関係しない。数の勝負ならさくらちゃんの優勢は目に見えている。それは彼女にとってフェアじゃない。

彼女には、君とは異なるハッピー・エンディングを用意してある。

彼女に慈悲深い女神の仮面は似合わない。シンデレラのガラスの靴は世界に一足だけのオーダー・メイド。ヒロインのキャラによってシナリオは変えなきゃね。

もちろん、ゲームを降りてもらっても一向にかまわない。

だが敗者・棄権者には、番組のプロデューサーや業界のお偉いさん方に「使えない娘」の烙印を押されるというバッド・エンディングが無情にも待ち受けている。

それが、この世界でなにを意味するか。

聡明な君のことだから当然わかっているだろうけど、老婆心まで。

では、楽しいゲームを。親愛なるチェリー姫の健闘を心から祈る。

カーマイン・レッドの密室より愛を込めて。～愛のコーダより

☆おまけ「この勝負　負けたら全裸で　罰ゲームｗ」～幸田Ｄ　心の俳句

悪魔だ、悪魔だ、悪魔だ。やはり幸田は悪魔だ。

わたしは携帯電話を生まれてはじめて地面に叩きつけた。

バッテリーとカバーが外れて周囲に転がる。芝生の上でなければ確実に破損していただろう。

あの三文ペテン師め。

ほんの一瞬でも「誤解していたのかも」と気を許したわたしが愚かだった。

思い起こせば、幸田は水着企画の打ち上げの席でも、わたしから梅原麗華に乗り換えた

ような素振りを見せた。

「このお見合いヤラセ番組は、君の売り出し企画なんだ」という幸田のシナリオ。それは実はミスリードで、本当は彼女を更なるスターダムに伸し上げるための巧妙な罠なのかもしれない。

「だいたいなにが『俺の想定するヒロインは君だ』よ。きっと彼女にも同じ台詞を言っているに決まってる」

唇を尖らせ、ぜえぜえと肩で大きく息をする。

わたしは、ふと左手の文庫本に目をやった。

梅原麗華に手渡された、幸田の愛読書。それは『森鷗外《もりおうがい》全集　ファウスト』だった。

ゲーテの戯曲『ファウスト』。ドイツに実在したと言われるドクトル・ファウストゥスの伝説を下敷きにして書かれた世界的名作だ。

主人公のファウスト博士は、現世でのあらゆる欲望と快楽を引き換えに、あの世での魂の服従を引き渡すといった契約を、悪魔メフィスト・フェレスと交わす。

メフィストによって二十代の青年に若返ったファウストは、メフィストと共に放蕩三昧《ほうとうざんまい》を繰り返す。

その間に彼は母を死なせ、兄を殺し、愛する女性は気が狂った挙句に彼との子供を自ら殺《あや》め、死刑囚として裁かれる――そんなあらすじくらいは、わたしも知っている。

日本語版では、この森鷗外の訳が最も評価が高く、わたしの書棚の積読本の中にも、たしかどこか奥のほうに紛れているはず。

まさに幸田は下水道《ゲスいどう》の三文メフィスト・フェレスだ。そうつぶやきながら、わたしは頭を冷やそうと、おもむろにパラパラと頁をめくった。

ふと、巻末の空欄に目が止まる。

チャイナ・オレンジのインクで書かれた、ミミズののたくったようなヘタクソな文字。おそらく梅原麗華に宛てられたメッセージだろう。

そこには、こう記されてあった。

『麗しくも華やかなる人類の奇跡へ。シンパチーチナヤ《(意：きゃっわいいーねー)》。チュ。～愛のコーダより』

わたしはそれを、ベンチのそばのダストボックスへ思いっきり投げ捨てた。


現在、午前十一時二十五分。集合時間までラスト五分だ。

入場ゲート付近の噴水広場。中心には白いモニュメントの塔があり、そこから水が定期的に噴出される。

新設とおぼしき噴水の周囲には、季節の花をあしらう同心円の花畑。赤・白・黄色のチューリップの花が、色鮮やかに咲き乱れている。

外側にはモルタル仕立ての上に白いペイントを施した真新しいサークルベンチが設置されている。まるであの、人の一生をテーマにしたゲームの、ルーレットのようなファンタジックな光景だ。

わたしは覚悟を決めて、メールで彼女をここに呼び出した。

「どうしたの、さくら」

あのゲームの駒の、ちいさなおもちゃの車に乗せられたようなわたしたち。途中下車は許されない。回りはじめた運命のルーレットは、もう誰にも止められない。

【わたしたち、素敵な未来を摑み取るために、ここに来てるんだもんね】

「ミク、わたしやっぱりなんだか不安になっちゃって――」

「うん」

優しく頷くミク。

「いまさらなんだけど……だから一緒に」

【君には「道化師（ピエロ）」のカードを託してある。君が想像している以上に、このカードの効力は高い】

「うん、いいよ。実はわたしもとっても不安だったの」

「いいの？　ミク」

「改めて、こちらこそよろしくねっ、さくら」

【そして、それをどう使うかは君の自由だ】

とろけそうな満面の笑みを浮かべて、右手を差し出すミク。

やわらかな春の陽射しが、わたしを照らす。

人を疑うことを知らない純真な天使が、薄汚れた芸能ザクラのわたしに、救いの手を差し伸べてくれる。

わたしたちは固く握手を交わしあった。この瞬間、素敵な未来を掴み取るために、わたしは——。

「よろしくね、ミク」

わたしは悪魔と契約した。

第二章

チェリーゲーム開幕

「いよいよね、さくら。あードキドキするわあ」

ミクがちいさな手で、横にいるわたしの左手をぎゅっと握り締める。

芝生広場の東側に配置された常設イベントステージ。その壇上にわたしたち十数名の女性参加者全員は、肩を寄せ合いながら集合している。

ステージはカーマイン・レッドの簡易的な垂れ幕で覆われている。芝生広場に集まっている男性参加者に対して、女性の姿を収録ギリギリまで隠しておくための演出だ。

背後には番組ロゴのバックボード。その上には大きな常設時計。時間は収録開始の正午を目前に控えている。

ミクは緊張がほぐれないのか、さっきからそわそわと小刻みに体を上下に動かしている。赤いランドセルを模したデザインの大きなネームプレートが、彼女の白いワンピースの胸の下辺りで揺れ動く。

ネームプレート中央には記入欄があり、さきほどそこに参加者自らマジックでプロフィールを記入した。名前は皆が覚えやすいように、下の名前や呼び名を、ひらがなかカタカナで書くのがルールになっている。

ちなみに男子は黒いランドセルのデザイン。もうひとつ補足すると、このネームプレートや番組のロゴマークはすべて、番組ディレクターである美大出身の幸田のデザインだ。

彼女の記入欄には『名前：ミク♡　年齢：24　職業：ＯＬ　趣味：アウトドア』と丸っこい文字で書かれてある。名前の横のハートマークがミクらしい。

集団左端にいる梅原麗華は、なんと書いたのだろう。相変らずの黒帽子に黒いサングラスで顔を隠している。ネームプレートはここからは見えない。内心、気になるところだ。特に職業欄が。

ただならぬオーラを察してだろうか。他の女性参加者も緊張感を漂わせながら、彼女を意識してちらちらと視線を配らせている。

ちなみにわたしは『名前：さくら　年齢：24　職業：モデル　趣味：読書』。ミクはそれを見て目を丸くしながら、わたしの耳元で囁いた。

「へー、さくらってモデルさんなんだ。なるほどねぇ、どうりで美人だと思ったわ」

返事は濁したまま、わたしは胸の中で自分に言い聞かせた。

そう、わたしはモデル。仕事にも都会にも疲れて、のんびりとした田舎の生活を求めて参加したモデルなんだ――と。ゲームの駒としての自分の配役を再確認するために。これはゲームなんだ、仕事なんだと自分の罪の意識を振り払うために。

「そろそろです」

参加者と一緒に幕裏に控えていたADが、小声でそう言って下手《しもて》にはける。同時に、遠くからチーフADのカウントダウンが聞こえてきた。

声を潜めるわたしたち。それをかき消すかのように、番組司会者のハイテンショントークがスピーカー越しに響き渡った。

「みなさんこんにちはー！　はじまりました『田舎へ嫁GO！』。さて今週は、Y郷温泉で有名なO県北東部にある農村公園『ふれあいファーマーズ』から、全国のお茶の間のみなさんに、私、森田たかしが素敵な出会いを産地直送でお届けしまーす」

続いてアシスタントの女性が、この番組の趣旨を説明しはじめた。

それが終われば、開幕だ。

「では、オープン。運命のご対MEN《メーン》！」

開幕と当時に湧き起こる歓声。目の前には司会者である中堅お笑い芸人の森田たかし。

コミカルな顔と高い声が特徴的なアラフィフおじさんだ。

その横にはアシスタントのアラサー女性タレントの姿が。美人の部類だが、これといった特徴がないのが特徴といったところか。

更には数名のカメラマン。ハンディカメラが一台、女性参加者の列をなめるように右から左へ撮りながら移動する。

そして黒いランドセルのネームプレートを胸に付けた十数名の男性参加者たちが、芝生の上にずらりと立ち並んでいる。

無数の矢のような視線が、わたしたち女性陣に容赦なく突き刺さる。

まるで『三國志《さんごくし》』に出てくる魏《ぎ》の曹操軍《そうそうぐん》に十万本の矢を突き立てられたような気分だ。皆、その中に二体の藁《わら》人形が仕込まれているとも知らないで……。

とりあえずターゲットを見つけなくては、えっと——。

そのとき、ミクがわたしの袖をグイグイと引っ張って目配せをした。そのまま小声で囁く。

「ねえねえ、さくらっ。あのひとちょっとかっこよくない？」

いた、彼だ。

例の写真の青年。ターゲットのタツヤが、男性陣の後ろのほうからこちらを見ている。ジーンズのポケットに手を突っ込んでいる。写真同様、シンプルな薄いブルーのシャツに濃い色のデニム。

そして写真の印象よりも更に、はにかんだ笑顔がまぶしい。

まあ、実物のほうがいい――のかな。っていうか、かなり。

横のミクにちらと目をやる。目が完全にハートマークになっている。わたしは大丈夫だろうか。

次に吉野をチェック。

集団の一番隅っこに彼を発見した。写真同様のボサボサの黒い長髪に黒縁眼鏡、首元がヨレヨレのねずみ色のTシャツ。

体型は痩せ型。背丈はおそらく標準より高め。だけど強烈な猫背のせいで、ちいさく縮こまって見える。フケの所在が気になるところだが、ここからは確認できない。オタクなオーラが周囲に漂っている。

まあ、写真よりはまし――なのかな。きっと、多分。

お芝居とはいえ、彼と結ばれるのか。わたしはミクに気づかれないように、ちいさくため息をついた。

「今回もカワイコチャンぞろいでモーびっくり！　……ってO県特産の千屋牛《ちやぎゅう》も言ってます」

司会者がカメラマンを引き連れてステージを駆け回る。

「では、左端の子から、ちょこっとインタビューを」

さっそく、さっきから会場の視線を一身に集めている黒帽子の女にマイクを差し出した。

「いやー、お美しいですねー目立ってますねー。背が高くてスタイルも、ほんっと抜群っ」

無言の梅原麗華。

「でも、ちょっとお嬢さん。せっかくだからサングラスは外しましょーねー」

「…………」

微動だにしない。まるで高貴なるギリシャ彫刻の如き佇まいだ。

「名前は、えっとレイカちゃんね。プロフィールは――ええっ！」

ネームプレートを見て驚愕する司会者。そこには流麗かつ達筆な文字で、こう記されていた。

『名前：レイカ　年齢23歳　職業：RayCar　趣味：ドライブ』

「ちょちょちょちょ、ちょっと君って、もしかしてあの人気モデルのレイカーちゃん!?」

演技とは思えないほどの驚きようだ。司会者も知らされていなかったのだろうか。まったく人の悪いディレクターだ。

「ご機嫌うるわしゅうございます」

モナ・リザの如き微笑を口元に浮かべながら、くねりと科《しな》をつくる梅原麗華。

「おい、見ろよ、レイカーだよ、レイカー！」

「うっそ、マジで！」

場内からどよめきが巻き起こる。

「ど、どういうことなの」

「ち、ちょっと、そんなのありなの」

女性陣一同が、口々にざわめきながら抗議のオーラを発している。

「マジかー。あんな大物芸能人が参加するなんて、そんなのフツーありえないじゃん。ねえ、ズルいよね、さくら？」

ミクもわたしに向かって小声で苦言を呈す。心なしか、わたしを睨みつけるような形相で。

「ええ、そうよね……」

と相槌を打つも、立場上は私もモデル。複雑な心境だ。

そんな皆の動揺はお構いなしに、梅原麗華はたおやかな表情でインタビューに答える。

「何故、レイカーさんがここに⁉」

「お決まりですわ、これはお見合い番組。わたくし都会の生活に疲れてしまいましたの。いけなくて？」

まったく、いけしゃあしゃあと。それにしても、なんという大胆不敵な戦術。まるで『刑事コロンボ』や『古畑任三郎』といった倒叙推理ドラマのように、冒頭で自ら視聴者に正体を明かしてしまうとは。

おそらく三文イカサマ軍師の幸田の差し金だろう。幸田はいったいなにをたくらんでいるのだろうか。

茫然自失の司会者を尻目に、ゆっくりと黒いサングラスを外す梅原麗華。流れるように優雅な仕草だ。

エメラルドグリーンの瞳が神秘的な光彩を放つ。その瞬間、ここに集まる生きとし生ける民の体中に、電流火花が激しく駆け巡った。

神々しき視線をTVカメラに投げかける梅原麗華。

「わたくしは本気ですわ」

悠然とした口調で彼女は言い放った。

「必ずや素敵な王子様を我が手中に収めますわ。そして薄汚れた下水道のような芸能界から足を洗い、雄大な自然に包まれた夢のハッピー・カントリーライフを摑み取らせていただきますの」

ステージそばまで押し寄せる男性陣。遠巻きの一般客までもが足早に詰め寄って来る。イベント会場である芝生広場が、いやテーマパーク全体が怒濤の如くどよめく。

「それこそが、わたくしの心のグリーン・ゲイブルズ」

光速の車・RayCar。梅原麗華のエメラルドの瞳がキラリと光る。まるで闇夜を切り裂くヘッドライトのように。

突然、『赤毛のアン』を持ち出して清純派アピールだろうか？　いや、宣戦布告だ。彼女の「わたくしは本気ですわ」という言葉を、わたしはそう捉えた。

相手に不足はない。望むところだ。

黒いレースに覆われた右手の人差し指を、目線の方向に凛と差し向ける梅原麗華。

「よろしくて、マシュー・カスバート？」

彼女の目線の先を追いかける。そこにはディレクター幸田の姿が。

集団からすこし離れた小高い丘の大樹にもたれ、携帯電話を片手に番組収録の光景を俯瞰している。

幸田は携帯電話の画面から目を離し、ステージの上のわたしたちに顔を向けた。

梅原麗華とアイコンタクトを取る幸田。

高みの見物を決め込んでいるのだろうか。口元にニヤニヤといやらしい含み笑いを浮かべながら、なにやらつぶやくように唇を動かした。

◆

「ホッホッホッ、そうさのうアン・シャーリー」

番組ディレクターである黒幕の男は、収録開始直前に送られてきた部下たちのメールを眺めながら、人知れず口を開いていた。

件名：お疲れ様です。
送信者：Y
幸田さん、お疲れ様です。細かい指示のほう、メールお願いします。

「むふふのふ。いい仕事してくれよぉ弟子のモサメン吉野クーン」

件名：恋泥棒より
送信者：Z
コーちゃんへ。わたくしは本気ですわ。このゲーム、どんな卑劣な手段を使ってでも、必ずや勝利の栄冠を掴み取らせていただきますことよ。～怪盗貴婦人Z

「いいねえ、実にいい。自分の立ち位置がよくわかってる。まったく大した千両役者だよ。君のそういうとこ大好き、チュ」

神の視点を決め込み、言葉を続ける黒幕の男。

「かの劇作家ウィリアム・シェイクスピアは言った。『顔つきで人間の本性を知る術は無い』と。そして『それが凡俗にはわからぬ醍醐味ってやつだ』とも。必勝法として君に伝授した『最強の切り札《カード》』、ぜひとも最大限に活用してくれたまえ。さあ、開幕だ。君の華麗なる名演マジックを魅せてもらおうではないか。狙った獲物《オトコ》は逃さない、魅惑の恋泥棒『怪盗貴婦人《フェアレディ》Z』」

◆

「へー、タツヤくんって御曹司なんだ！　まさに王子さまだね。すごーい」

ミクが目を爛々《らんらん》と輝かせながら胸の前で両手の指を組み合わせる。

芝生広場の西南に設置されたバーベキュー広場。わたしたち参加者は、そこですこし遅めのランチを取っている。今回のお見合い企画の最初のイベントだ。

男子が常設のバーベキュー・コンロで食材を焼き、女子が紙のコップやお皿やドリンク類などテーブルの準備をする。

食材はこの公園内の農園で採れた新鮮野菜と、O県名産の千屋牛。宣伝タイアップとして、公園側がすべて無償提供しているのだ。

「ホント、すごいだろ。ここには謙遜してこんな風に書いちゃってるけどさ」

タツヤと並んで肉を焼いている頭にタオルを巻いた青年が、トングで彼のネームプレートを指し示す。

そこには『名前：タツヤ　年齢：26　職業：自営業（見習い）　趣味：ドライブ』と書かれている。育ちのよさと誠実さが窺える丁寧な字だ。字はその人の性格を表す。悪筆の幸田とはえらいちがいだ。

「いやだなあ、王子様なんて。トオルもやめてくれよ」

額の汗を拭いながら、照れくさそうにはにかむタツヤくん。澄んだ声。声までさわやかだ。好青年にもほどがある。背が高い。百八十センチくらいだろうか。

ちなみに「トオル」と呼ばれた浅黒い肌の青年の胸元には『名前：トオル　年齢：26　職業：フリーター　趣味：ルアー・フィッシング』と書かれている。

腕まくりをした赤い長袖シャツにラフな黒いパンツ。短髪に濃い顔立ちのワイルドな風貌。背はタツヤよりすこし低いくらい。決してイケメンとは言い難いが、気さくで感じのいいタイプだ。

自分からはあまりアピールをしないタツヤに代わって、トオルが自慢げにタツヤを紹介してくれる。息の合い方からしてきっとふたりは、連れ立っての参加なのだろう。

「照れるなって。ねえ、彼女たち。この農村公園から車で三十分ばかり南下したところに、

Y郷温泉街ってのがあるの知ってる？」

「うん、全国的にもけっこう有名だよね。ここに来る途中も通りかかったし。女子サッカー・リーグのチーム名称にもなってるよね」

ミクが焼きたてのお肉をほおばりながら答える。

バーベキューの炭火と高揚感。いろいろな意味で熱気を帯びたせいか、ミクは白いレースのカーディガンを脱ぎ、ノースリーブの二の腕を惜しげもなく出している。まさに臨戦態勢の出で立ちだ。

「おっ、よく知ってるね。都会から来たおじょうちゃん」と、わざとおじさん臭い口調でおどけるトオル。

「えー、おじょうちゃんはひどいなぁ。こう見えてもわたし二十四歳のOLさんなのよ。酸いも甘いも知ってる、オトナのオンナなんだから。ねーさくら」

そういえばバスを降りたときも、ドライバーに向かって同じことを言っていた。よっぽど都会の大人のOLであることをアピールしたいのだろうか。それとも強調したいのは「オトナのオンナ」のほう？

「へへっ。ごめんごめんよ、おじょーうちゃーん」

「もうっ」

からかう口調のまま、トングを摑んだ手袋で鼻の下を拭うトオル。

っていうか、さっきからミクとトオルばかりがしゃべっている。

「でね。彼はそのY郷温泉の高級老舗旅館『花湯《はなゆ》の里《さと》』の跡取り息子ってわけ。しかも旅館には『花湯グランドホテル』って別館があって、そこがまたすごいんだ。このY郷温泉街で一番大きなグランドホテルなんだよ」

「すごーい。絵に描いたような御曹司さんだー」

口に手をあててオーバー・リアクションのミク。いや、決してオーバーではないかもしれない。

わたしも正直びっくりだ。たしか、幸田に見せられたプロフィールにはそんなことは書いていなかったはずだ。普通なら、応募書類で自慢げにアピールすると思うのだが。

「本当にそんなことないんだってば。グランドホテルのほうは数年前に亡くなった親父の代わりに、年の離れた兄貴が既に若社長として任されているんだ。兄貴は僕とちがって頭がよくてね、T大を首席で卒業したエリートなんだ。絵に描いたようなっていうのは彼のほうだよ」

どうやらタツヤは、決して驕《おご》らない慎ましやかな性格のようだ。

「すごーい」

「で、僕は地元の二流大学卒のしがない次男坊。そんな僕とこぢんまりとした古い旅館のほうを、一緒にやっていってくれるパートナーを求めて応募したんだ」

「すごーい、すごーい」

「旅館の女将さんといえばTVドラマのようにドロドロした世界を連想するかもしれない

けれど。お客さんも仲居さんも少ない、会員限定のほのぼのとした旅館だから、全然そんなことないんだよ」

「すごーい、すごーい、すごーい」

さっきから「すごーい」しか言わないミク。目のハートマークも言葉と比例して三倍ほどに膨れ上がっている。

そんな調子で開幕早々、タツヤ、トオル、ミク、わたしのグループ交際のショットができあがった。さっきから他の女子たちの刺さるような視線が痛い。

それにしてもミクはすごい。並み居る女性参加者を差し置いて、男子一番人気のグループにちゃっかり溶け込んでしまうのだから。

たしかに、この「道化師《ピエロ》」のカードは、わたしが想像しているより遥かに効力が強いかもしれない。

わたしはお人形さんのように、彼女の横でただ微笑んでいるだけ。だけど、それこそがわたしの必勝法。余計なことは考えず、自分の仕事に徹しよう。

炭火の熱気と肉の焼ける匂いでむせ返るようだ。バーベキュー・コンロの煙を挟んで、ミクが汗だくのタツヤの顔を見つめながら矢継ぎ早に問いかけた。

「ねえねえタツヤくん。趣味はドライブって書いてあるけど、クルマはなにに乗ってるの？やっぱり外車のスポーツカーかな。ベンツとかポルシェとかフェラーリとか？」

「そんなことないよ。まあスポーツカーだけど普通の国産車だよ」

タツヤがトングを持っていないほうの左腕で、額の汗を拭いながら答える。

そこにトオルが、間髪容れずに話に割り込んできた。

「またまたご謙遜を。こいつの車、超かっこいいんだぜ。なんと、パールホワイトのレクサスSC《エスシー》」

「うわっ。それって、たしか社長さんや重役さんが乗る車でしょ。すごーい」

ミクがまたまた感嘆の声をあげる。

「しかもSCといえば、その中でもかつてはソアラの名前で有名な高級スポーツカーなんだぜ」

トオルが解説する。

「ちなみにここだけの話、価格はズバリ七百万！」

「ええっ。な、ななひゃくまん！」

トオルとミクの掛け合い漫才のようなやり取りが続く。まるで深夜の通販番組を観ているようだ。

愛車は白いソアラ。由緒ある家系に育ち、スーパー・エリートの兄を持つ、さわやかイケメン次男坊。まさに、そのままドラマの主人公だ。その正体が遊び人でないことを心から願う。

わたしたちはさっそくグループでメールアドレス交換をした。電話番号の交換は、のちにめんどくさいことに発展しがち。メアドのみに留めるのがこの番組の流儀なのだ。

ミクとは既にアドレス交換は済ませてある。タツヤとトオルと交換後、すぐさま空メールで携帯に登録を確認した。

件名：タツヤです。
送信者：タツヤくん

件名：トオルでーす。ヨロシク！
送信者：トオルくん

◆

梅原麗華は広場には希少なテーブルベンチに陣取り、春の野山をたおやかに眺めている。彼女のそばには初老の紳士の姿。
黒の礼服に蝶ネクタイのフォーマルな装いだ。足元にはブラックレザーの高級そうなアタッシュケース。彼女のそばに立ったまま、透き通るような白い肌に陽射しが当たらぬよう、レースの黒パラソルを差しかけている。

「素敵な景色ですこと、守山《もりやま》」

「左様でございますね、お嬢様」

品のある笑みを浮かべる老紳士。そんなふたりの会話が、辛うじてわたしの耳元にも届いている。彼女たちが陣取っているVIP席は、わたしたちのバーベキュー・コンロからは比較的近い場所にあるのだ。

例のマネージャーだ。前回の水着企画の番組収録にも、立ち会っていた記憶がある。丹念に整えた白髪が厳格な品位を漂わせている。

遠目に取り巻く男性陣は皆、完全に気後れしている。人を寄せつけない独特のオーラが、彼女たちの周囲に充満しているからだ。

意を決したと思しき一般参加者の男性が、その場に近づいて行く。

「あ、あの、よかったら。お、お肉焼けたんで……」

おずおずと紙皿を差し出す、さえない風貌の男性。三十代半ばだろうか。

「あら、おいしそうですわ」と梅原麗華。

そこに老紳士が「いけません、お嬢様」と、間髪容れず横槍を入れる。

「私《わたくし》の見立てでは、少々レア気味かと。食中毒にでもなられたら大変でございます」

苦言を呈す老紳士。

「そうかしら」と、すこし唇を尖らせる彼女。

「左様でございます。大切な麗華お嬢様の身に、もしものことがあられましたら不肖《ふしょう》守山、ご主人様に顔向けができません」

親睦を深めるのを目的としたカジュアルなバーベキューの席だというのに、異文化交流にもほどがある。

「それから貴殿、ナイフとフォークの用意ができておらぬようですが」

怪訝な表情で男性を一瞥する老紳士。

「えっ。ふ、ふつう箸では」との男性の返答に、老紳士は「ノンノン」と人差し指をタクトのように左右に振った。

たしか彼女は本国ロシアでの生活が長かったらしい。「〜ですわ」と語尾が少々不自然なのは、おそらくそのせいかと思われる。

もしかしたら箸の使い方も、不慣れなのかもしれない。

「その紙皿も感心致しませんな。ペーパーの臭いが食材に移ります。そもそも安価な輸入工業製品は得体が知れません。原材料や表面処理に、どんな粗悪な物が使われていることやら」

「そ、そんな大げさな……」

「そのようなものをお嬢様の口に触れさせるなど。この守山が、決して許しません」

「は、はあ」

「このようなこともあろうかと、食器類はこちらで持参しております。ミディアム・ウェルダンに再加熱できましたら、こちらに移し代えてお持ちくださいませ」

「み、みでぃあむ、う……うえるだん？」

あんぐりと大きく口を開ける男性を尻目に、速やかにブラックレザーのアタッシュケースを開けた老紳士は、そこから陶器の皿を取り出す。白地にブルーの模様をあしらったデザイン。いかにも高級そうだ。

たしかに昨今、安価で粗悪な輸入製品の人体に及ぼす弊害は問題視されてはいるが、なんとも徹底したこだわりようである。

老紳士は皿を差し出しながら、男性にさらりとこう言った。

「ロイヤルコペンハーゲンのブルーフルーテッドフルレースでございます」

「ロイヤルコペンハーゲンですって!?」

わたしは思わず口走った。

デンマークの超一流陶磁器メーカーだ。ブルーの装飾が特徴的で、動物や植物などのメルヘンチックなモチーフが多い。

中でもブルーフルーテッドフルレース・シリーズといえば、世界中のセレブが愛用する人気のブランド。どんなに下位の商品でも、定価で一枚二万円は下らないはずだ。

「え、ロイヤルコペンなんちゃらって？」

男性の質問に老紳士は丁寧な口調で答えた。

「正式名称はロイヤル・コペンハーゲン陶磁器工房。十八世紀のデンマーク国王クリスチャン七世と皇太后ジュリアン・マリーの保護のもと首都コペンハーゲンに発足しました。王室並びに親交のある他の王室への贈答用陶磁器を製造する、いわゆる王室御用達でございます」

ロイヤルの名は伊達《だて》ではないということか。

「そっ、そんな高そうなの、もし落として割ったりでもしたら……」

男性が尻込みする。

「心配ご無用。ほんの簡素な品でございますので。梅原家ではアウトドア用途で使用しております」

「紙皿代わりにお気軽に取り扱ってくださって結構ですわ」

そのロイヤルコペンハーゲンの食器が使い捨ての紙皿代わりとは。梅原麗華、わたしたち庶民とは住む世界が、いや次元がちがいすぎる。

「え、いえ遠慮しときます。失礼しましたっ」

そう言い残し、男性は足早に場を離れた。

続けて別の男性が、入れ替わりに梅原麗華と老紳士に紙コップを差し出す。

「あ、あの、よかったら。この公園のそばのワイナリーで製造されたワインを……」

「あら、素敵ですわ。わたくしワインは大好きですことよ」

黒いレースに覆われた左手の甲を口元にあて、西洋絵画の如き微笑を浮かべる梅原麗華。

彼女は案外、お酒には目がなさそうだ。

「お嬢様、いけません」

しかし、またもや老紳士が横槍を入れる。

「申し訳ございません。麗華様はワインはボルドー五大シャトーしかお召し上がりにならないのでございます」

「ぼっ、ぼるどぉじゃとー」

方言丸出しで目を丸くする男性。

「あら、決してそのようなことはございませんことよ」

好物らしきアルコールの「おあずけ」を喰らって、すこし拗ねた表情を浮かべる梅原麗華に、同性であり敵でありながら、不覚にも「可愛い」と胸がときめいてしまう。

その返答にコホンと咳払いをする老紳士。

「そもそも先ほどの肉といい、こちらの品々はHACCP《ハサップ》をクリアされているのでしょうか。私、どうも懸念が払拭されないのでございます」

「は、はさっぷう?」

「国際的品質管理システムでございます。食品を製造する際に工程上の危害を起こす要因《ハザード》を分析し、それを最も効率よく管理できる部分、つまりは必須点を連続的に管理して安全を確保する体制《システム》です」

「は、はあ」

「私の雇用主であるご主人様から、『麗華に出所の不明な食品を決して口にさせてはならぬ』と厳重に申し仕っておりますもので」

ご主人様とはおそらく例の「パパ」のことだろう。パトロンとのマクラ営業疑惑が脳裏を過る。パパとやらの力を借りたお嬢様演出というわけか。

「さ、さあ。ど、どうなんでしょう」と困惑する男性。

「不肖、守山李白《りはく》。この李白の名に変えても、レイカお嬢様の命《めい》をお守り致します」

「心配性ですこと、パパも守山も。わたくし大丈夫でございますですわよ」

「なりません、お嬢様」

そんなやり取りを尻目に「しっ、失礼しましたっ」と男性は逃げるように姿を消した。

異文化交流を凌駕する異次元交流。こうして下々の者たちは、彼女に貢物を差し出しては、代わる代わるにその場を立ち去って行った。

◆

吉野はといえば、さっきから猫背でウロウロしながらひとりでポツンとしている。

ちょっと挙動不審。そして、ちょっと寂しそう。

人を寄せつけない独特のオーラが周囲に充満している。梅原麗華とは真逆の意味で近寄りがたい。どうやって彼に接触すればよいのか――。

あ、目が合った。が、慌てて向こうが目を逸らす。

番組上の演出か、それともわたしを意識して本当に照れているのだろうか。少々気に掛かるのが本音だ。

前髪が長すぎて顔がよく見えないな。分厚い縁《ふち》に、牛乳瓶の底のような分厚いレンズの眼鏡も掛けているし。

雰囲気は地味で暗そうで真性のオタク青年といった感じの吉野さん。

これも演出なのだろうか。それとも本物のジミオタなのか。

素顔はどんな人なのだろう。包み隠されると余計に真相が気に掛かる。

これはミステリー好きの性《さが》なのか、それとも女としての……？

そんなわたしの様子を、カメラマンが密かに追う。

そう、これは大事な業務。仕事中だ。想像を巡らせ物思いに耽っている場合ではない。しっかり自分の仕事をしなくては。

わたしはミクやトオルたちに気づかれないように、吉野に軽く手を振ってみた。

すると彼は、よろよろと踵を返してその場を逃げ出そうとした。

どてっと転ぶ吉野。わたしは思わず「あっ」と声を出した。

受け身を取れず顔から地面に落ちる。まるで漫画かコントのようにベタな転び方だ。

それに気づいた周囲の人たちがくすくすと笑う。

ミクも「ねえ、さくら。あの人なんか面白いね」と言っている。

「あいつ、ちがった意味で目立ってんな」とトオル。

「彼、ひとりで寂しそうだね。あとで皆で声を掛けて仲間に誘ってみようよ」

タツヤが笑顔でミクに言う。優等生な発言。

するとミクは「うんうん、さんせー。わたしもそうしようと思っていたの」と笑顔を振りまいた。

「いやー、盛り上がってますねー。ではここらで第一印象チェックの人気ランキングの発表です」

突如、司会者のお笑い芸人、森田たかしの声が場内スピーカーから聞こえてきた。第一印象と中間印象のランキング・トップスリーを公表するのは、この番組の恒例だ。バーベキューが始まる前に行った投票結果が発表されるようだ。

「ジャカジャン。女子の一位はさくらちゃーん。男子の一位はタツヤくーん。どちらも圧勝でーす！」

森田がオーバー・トークで絶叫する。

「すこーい、やっぱりさくらが一番人気で間違いないよね」

「おーっ、すごいなタツヤ。俺にも、おこぼれを分けてくれよな」

「だから、よせってばトオル」

梅原麗華はランク外か。たしかに彼女は高嶺の花にもほどがあるのかもしれない。

これが「世界の美女一〇〇人ランキング」だったら、わたしは当然カスりもしないだろう。そして彼女のベスト二〇入りは、きっと間違いないだろう。

美や人気といった定義が、いかに相対的なものであるかを実感させられる結果だ。

ここまでは、まさに幸田のシナリオどおりの展開である。

けれど勝負は大物一本狙い。まだまだ油断は禁物だ。

それにしても、梅原麗華の余裕はどこから来るのだろう。彼女の必勝法が気になってしょうがない。いったい、どんな強力な切り札《カード》を隠し持っているというのだろうか。

女性アシスタントがマイクを持って笑顔で近づいて来た。カメラマンがあとを追う。

「では人気ナンバー・ワンのさくらちゃんにインタビューしちゃいましょう。いやーすごい人気ですね！」

「い、いいえ」

コンロに焼け残った食材を片付けるふりをしながら、無難に答えるわたし。

「ここでこっそり、聞いちゃいましょうか？」

わざとらしく口に手をあて、ひそひそと小声になるアラサー女性。

「さくらちゃんは誰狙い？　やっぱり一番人気のタツヤくん？」

当然カメラは回っている。参加者の耳には入れず、視聴者にのみ伝えるという番組上の演出なのだ。

「そ、それは……恥ずかしいので内緒です」

「えー、ちょっとだけ教えてくださいよぉ」

実際わたしは誰にも投票していない。白紙票だ。投票直前にスタッフからのメールで、そうするようにと補足の指示を受けた。二回目の投票で吉野の名前を書くようにとも。

「ね、ね、タツヤくんなんでしょ？」

わたしがサクラだと知っていながら、しらばっくれて演技を続けるアシスタント。さすがにプロだなと感心する。

彼女は諦めたふりをして、今度はそばにいるタツヤくんにマイクを向けた。

「タッツヤくーん、もーう大人気ですね。圧倒的な得票数でしたよ。まさにイケメンプリンスの独走といった展開になって来ました」

そんな問いかけに、彼は「いやあ」と照れ笑いを浮かべながら、ドリンクに手を伸ばす。

「タツヤくんは誰に投票したんでしょうか。やっぱり一番人気のさくらちゃん？」

と言いながら、タツヤをわたしたちから引き離す女性アシスタント。参加者に聞こえないようにとの配慮だろう。

彼はちらっとわたしとミクが並ぶ方向を見た。すこし不安げなミクの横顔が切ない。

本音を言うと、彼が誰に投票したかは気になるところではある。仕事としても、女としても。

そんな下馬評で盛り上がる最中、わたしの携帯に幸田からショートメールの着信が入った。

送信者：幸田D
姫へ。プリンスの第一印象はチェリー姫だってさ。　～カンニング幸田より

「あー食った、食った」とトオル。

「おいしかったねえ」とミク。

「なあ、皆。食後にすぐ動くのもアレだし、トランプでもしようぜ」

カメラマンが別のグループのほうへ行ったのを見て、トオルが提案した。ショルダーバックの中からカードを抜き出す。

「いいね。セブンブリッジは？」とタツヤ。

「えー、ルール知らない。大富豪は？」とミク。

「うーん、いいけど長引きそうね」とわたし。

「無難にババぬきでいいんじゃない？」とタツヤ。

「ああ、いいね。でもそれじゃあ無難すぎるから……」

カードの中からジョーカーを選んで抜き出すトオル。それとは別に、もう一枚カードを表《フェイス》が皆に見えないようにゆっくりと抜き出した。

「ふふっ、これにしようぜ」

「あっ、『ジジぬき』ね。最後までジョーカーが誰にもわからないやつ」とわたし。

「いいんじゃないかな。じゃあそれにしよう」とタツヤ。

「よーし、負けないわよぉ」とガッツポーズのミク。

トランプで盛り上がるわたしたち。意外と白熱して幕が引けない。

が、ちょうどひと勝負終わったタイミングで、ここは抜け出すチャンスかもしれないと思った。今、こちらにカメラはいないし、番組用の見せ場として、吉野さんと接触するシーンもつくっておかないと。

「あ、皆ごめん。ちょっと……」

「え、どうしたのさくら」

「うん、ちょっとね。すぐ戻るから。それまで三人で盛り上がってて。じゃあ、あとでね」

わたしはテーブルの上の、誰も口をつけていなかったジュースを摑み、その場を離れた。ちらと振り向きざま、タツヤと視線が合う。彼はすこし残念そうな表情でわたしを目線で追いかけていた。

これでタツヤくんが嫉妬の炎を燃やしてくれたら一石二鳥だ。

「はい、これどうぞ」

わたしは、バーベキュー広場の隅の木陰でひとりでぽつんと座る吉野に歩み寄った。とっておきの微笑を浮かべながら、グレープジュースの紙コップを彼に差し出す。

ちなみに、このジュースや、ミクが朝食べていたストロベリー・サンデーは、ここの果樹園で採れた新鮮な果実を利用した特産品だ。

今、この光景を遠くからTVカメラが捉えているのをちゃんと意識する。慈悲深いヒロインと、冴えないダメ男くんのツーショット。ここは見せ場だ。

「あ、あの、どうも……」

口ごもりながらカップを受け取る吉野。写真と同じく、ボサボサの長髪に首元がヨレヨレの灰色シャツ。体育座りの膝元には、フライドポテトの入った紙カップを大事そうに抱えている。

ネームプレートには、ミミズののたくったような汚い文字で『名前：よしお　年齢：26　職業：無職　趣味：美少女フィギュア』と殴り書きされている。

よしのよしお。なんてベタな偽名だろう。

座っているのでよくわからないけれど、背丈はトオルよりすこし低いくらい。ということは百七十五センチ前後だろうか。梅原麗華と同じくらいだ。

痩せて頼りなさげな首筋。鎖骨がやたらと目立つ。

「はじめまして吉野さん。お疲れ様です。お互いお仕事がんばりましょう」

どうせマイクはここまで拾わないだろう。わたしは、会釈しながら業務上の挨拶をした。

「横に座って、いい？」

「あ、あの、どうも……」

さりげなく肩のフケをチェック。やっぱりまっ白。でもちょっと不自然な具合。もしかしたらなにかの粉で演出しているのだろうか。

「とりあえずメアド交換しませんか。いろいろと口裏合わせもしておいたほうがいいし」

「あ、あの、そんな」

首を横に振り、メアド交換を拒絶する吉野。肩のフケらしき粉が宙に舞う。ちらと横顔を覗き込むわたし。

分厚い眼鏡のレンズとブラインドのような前髪が邪魔をして、正面からは見えなかった素顔が、ほんのすこしだけ垣間見えた。

あれ、もしかして意外と——イケメン？

「吉野さんってＡＤさんなんですよね。あの幸田ディレクターが上司じゃあ、なにかと大変でしょう。まったく幸田さんときたら——」

「あ、あの、これ」

わたしの言葉を遮るように、食べさしのフライドポテトの紙カップを差し出す吉野。

「あ、あの、じゃあ……」

強引に紙カップを押しつけると、そそくさと立ち上がり、私の前から去っていった。

「吉野さんってシャイだなあ。きっと、女の子としゃべり慣れていないんだろうな。それに、このフライドポテト——どうしよう？」

残りを食べろとでも言いたいのだろうか。

カメラマンが歩み寄ってくる。『食べて、食べて！』とカンペで指示。ポテトは完全に冷め切っている。

フケが入ってたら嫌だなあ。それとも美少女フィギュアでも入っているのかしら。

わたしはカップのポテトを恐る恐るつまみはじめた。

まずっ。冷めたフライドポテトほどおいしくないものはない。ああ、仕事とはいえ辛いなあ——あれ？

二つ折りしたメモが底のほうに忍ばせてあった。

「はいカット！　いやー、いい画《え》が撮れたよさくらちゃん。きっと幸田さんも喜ぶよ」

立ち去って行くカメラマンの後ろ姿を見届けたあと、わたしは紙カップの中のメモをこっそり抜き出し、足早に近くのトイレへと駆け込んだ。

「はじめまして桜子さん。

さっそくだが、俺との会話はすべてピンマイク越しに本部の幸田ディレクターに筒抜けになっている。

俺の携帯も番組が用意したものだ。パスワードがないと送受信メールの削除ができないよう設定済みだ。だから密談には使えないので、このメモで先に伝えておく。」

吉野さんからのメッセージだ。どうやら、予《あらかじ》めわたしに渡そうと用意していたようだ。

理路整然とした文体。筆跡も彼のネームプレートとは全然ちがう。かなりの達筆だ。ミミズがのたくったようなネームプレートのほうは、悪筆の幸田が代筆したのかもしれない。

しかし、彼はいったいなにが言いたいのだろう。わたしは続けて読み進めた。

［幸田さんを甘く見ないほうがいい。彼は視聴率のためなら、親兄弟をも地獄の底に堕とす芸能界のメフィスト・フェレスだ。そして今回のゲームには、君が想像している以上に、恐るべき陰謀が隠されている。

単なる「王子さま争奪ゲーム」と思ったら大間違いだ。きっと最後の最後になるまで、その真相は表層に浮かび上がってこないだろう。

俺からは、今はそれ以上のことは伝えられない。どうか許してほしい。　Y］

固唾を呑んで食い入るように紙面を見るわたし。そしてその文末には、まるで見えないなにかに怯えるように、震えた筆跡でこう記されていた。

［追伸：Xには気をつけろ。］

——Xって、いったいなんのことだろう？

◆

「ちょっと～、遅かったじゃない、さくらぁ」

吉野さんの元から戻ると、ミクがふくれっ面をしてわたしを待ち構えていた。

「ごめんごめんミク。あれ？　タツヤくんとトオルくんは」

「あれ見てよ、ア・レ」

首で左のほうを指し示し、わたしを促すミク。そこには他の女性たちの大群に取り囲まれた彼らふたりの姿があった。

まるで養蜂場の巣箱にぶんぶんと集《たか》るミツバチの群れのようだ。

「ねえねえタツヤくーん、わたしたちと一緒にスワンボートに乗りましょうよ」

「ちょっとぉ、タツヤくんはわたしたちとブルーベリー摘みをするんだからね」

「さっきトオルくんが言っていたけど、タツヤくんって会員制の高級老舗旅館の御曹司なんですって？　わたし全財産つぎ込んで会員になっちゃう」

「わたし、タツヤくんの助手席に乗ってドライブ行きたーい」

「ちょっとぉ、助手席はわたしよぉ」

人だかりの中央には、頭を掻きながら困惑顔のタツヤ。その横でトオルが、もみくちゃになりながら一生懸命に場をさばいている。

「ハイハイハイハイ、皆ちょっと一列に並んで。今から整理券配るから、順番ね、順番っ」

「これって。ねえ、いったいどうしちゃったの？」

「まったく、どうしたもこうしたもないわよ」

ミクが左の腰に手をあて、右手の人差し指をタクトのように振り回す。

「今までは女性参加者一番人気のさくらがそばにいてくれたお陰でさ、他の女の子をだーれも近づけることなく、人気ナンバー・ワンのタツヤくんを独占できたのよ。だって美人のあなたが相手じゃあ、引き立て役になっちゃうのは目に見えているじゃない？」

「そう、なのかな」

「そうよっ。だからあなたがどっか行っちゃってから、ここぞとばかりに女の子集団がやってきて、ふたりを連れてっちゃったのよ」

人差し指を、わたしの眉間の辺りに向けるミク。そのまま真剣な眼差しを投げかける。

「ぶっちゃけ、わたしはさくらを虫除けとして利用させてもらってるってわけ。こう見えてもわたし、酸いも甘いも知ってるオトナのオンナなんだからっ」

そう言うと彼女は人差し指をちいさく振って、にこりと満面の笑みを浮かべた。

「ふふっ、わたしって案外ちゃっかりしてるでしょ」

なるほど、そういうことだったのか。それが本心であるならば、わたしの罪悪感もすこしは晴れる。

「さあ、俺たちちょっとトイレ！　皆、またあとでね」

そのとき、トオルがそう言って、タツヤを引っぱって女性陣の囲みを抜け出した。それを見て安心したようにミクが続ける。

「だから、わたしたちはふたりでひとつのコンビなのよ。しっかり協力しあって、タツヤくんを取り戻しましょ」

「うん、よろしくねミク」

「そこからはふたりの勝負よ、わたし負けないわよぉ」

ノースリーブの白い腕で、可愛くガッツポーズをするミク。そしてわたしたちは、改めてがっちりと握手を交わした。

改めてよろしくね、わたしの切り札《カード》——大切な相棒《パートナー》さん。


いつの間にかバーベキュー広場に戻ってきた吉野は、あいかわらず木陰でぽつんと体育座りをしている。

不思議な人。彼っていったい、何者なんだろう。一瞬だけ見えたあの横顔。そしてあの別人のように綺麗な文字と、理路整然とした文体。彼の、冴えないダメ男くんの仮面の下の素顔を、わたしは何故だか見てみたい。

それにしても梅原麗華の切り札《カード》って、幸田の恐るべき陰謀って、そして「Xには気をつけろ」ってなんなのだろう……。


勇猛果敢なミツバチの大群さながらの女性陣。女たちはタツヤとトオルがトイレから出てくるのを、今か今かと待ち構えている。

そこには当然わたしとミクも含まれている。カメラを意識したボケなのか真面目なのかわからない表情で、クラウチング・スタートのポーズを取っているミクがおかしい。

春だというのに季節はずれの強い陽射しが、わたしたち女性の働き蜂にじりじりと容赦なく照りつける。

作戦会議でもしていたのだろうか。数分が経った頃、ふたりはようやく現れた。

「来たっ、来たわよ」

「キャー、タツヤくーん」

「さあ、皆行くわよ！」

誰かが出陣の声をあげる。同時に飢えた獰猛な肉食系の雌蜂の集団は、待望の獲物へ一斉に群がろうとした。

けれど皆を振り払うように、彼らは突然、脱兎の如く芝生の上を駆け出した。

わたしたち女性の集団は、急いでそのあとを追いかける。

速い。ちょっと追いつけない。

「待ってー、あーん、待ってよぅタツヤくーん」

息を切らせながら口走る皆を置き去りにして、彼らが向かった先は――。

「あっ！」

ミクが叫んだ。

彼らはなんと、テーブルベンチに悠然と腰掛ける女王蜂、梅原麗華の前で立ち止まったのだ。

遅れて着いたわたしたちは、かろうじて会話が聞き取れるくらいの位置に陣取った。カメラマンもさっそく彼らをクローズアップしている。

彼らが彼女とどんな話をするのか。野次馬根性丸出しではあるが、すごく気になる。

わたしたちは、固唾を呑んで耳を澄ませた。

「こんにちは、はじめましてレイカーさん。僕はタツヤ、こっちはトオルです。よろしく」

なんとトオルではなく、タツヤが自分から話しかけている。あの梅原麗華に。

「こんちはっ、レイカーちゃん」

続いてトオルが声を掛ける。

数秒間の沈黙。

その後、開口一番に梅原麗華が言い放った。

「守山、お下がり」

「かしこまりました、お嬢さま」

黒いレースの日傘を彼女に手渡す老紳士。彼はブラックレザーのアタッシュケースを抱え、その場からすこし距離を置いた。

その姿を見届けた彼女はトオルに向かって、たおやかな口調でこう答えた。

「アン・シャーリーはこう言いましたのよ」

「はあ?」

トオルくんが、狐につままれたような表情でリアクションをする。

「どうしてもアンと呼ぶなら、AnnではなくAnneと末尾にeを付けて呼んでね。そのほうが素敵だから――と」

またもや『赤毛のアン』。会話をする気があるのだろうか？

「はあ……」

当然、どう返していいのか困惑の表情のトオル。

「わたくしの場合、ここではRayCarの末尾のrを除いてレイカと呼んでいただけると嬉しくてよ」

「そうか、では改めて。はじめましてレイカさん」

タツヤが、まっすぐな瞳で彼女を見つめる。

「ズドラーストヴイチェ、はじめまして」

ハーフであるというロシア語と思しき言葉で、軽い微笑を浮かべ優雅に会釈をする梅原麗華。タツヤが丁寧にお辞儀を返す。そして、下げた頭を起こしながら、まじまじと彼女のネームプレートを読んでいる。

「へえ、レイカさんってドライブがご趣味なんですか。奇遇だなあ、実は僕もなんだよ」

敬語からナチュラルにタメ語に移行するタツヤくん。女の子としゃべり慣れている証拠だろうか。

「僕はレクサスSCに乗ってるんだけど、君はなにに乗ってるの」

「911カレラSですわ」

「すげっ、ポルシェかよ！」

驚愕するトオルは、口に手をあててオーバー・リアクションをとる。が、これにはタツヤも驚きの表情だ。

「お、お集まりの奥サマ方っ。なんとここだけの話、ポルシェ911カレラSっつうたら車両価格はズバリ一千五百万以上！」

トオルが大声で叫ぶ。わたしたちギャラリー全体がどよめきを巻き起こす。

「ええっ。いっ、いっ、いっせんごひゃくまん！」

ミクもすかさず大声でリアクション。距離があってもトオルとミクの掛け合いは続く。会話を聞き逃してはなるまいと、一歩一歩と前へ出るミク。それにつられて、わたしたちも歩を進めた。まさにミクは切り込み隊長といったところである。

「もしかしていろいろと手を加えている——とか？」

タツヤが探りの表情で問い質す。

「当然でございますわ」

「なっ、ポルシェ改造してんのかよっ。って、どんくらい!?」

今度はトオルが問い質す。

「つい先日、改造費が車両価格を超えましたの」

「なーっ、つっ、つっ、つうことは、お値段なんと三千万円以上！」

「ええっ、さ、さ、さ、さんぜんまん！」

ミクが叫ぶ。興奮のあまり、ライトブラウンのショートヘアが逆立っている。

「さすがにパパから『日本の流儀で言えば趣味を極めることも花嫁修業。しかし、嗜《たしな》むのはよいことではあるが、ほどほどにしておくように』とお咎《とが》めを受けてしまいましたけど」

――出た、〃パパ〃！

その言葉を聞くたびに、申し訳ないが私の頭の中で金満オヤジの笑い声が聞こえる。そして今回は、純粋な田舎青年の心をもてあそぶつもりなのだろうか？

まあ、わたしもそんなことを言えた立場ではないのだが……。

「なんつー花嫁修行やねん！」

トオルも、思わず関西弁になる。

自嘲気味に苦笑する梅原麗華は、そんな姿さえ貴婦人の如き立ち居振る舞いだ。たおやかで神々しい。絶対美とは、まさにこのことを言うのだろう。

「なので普段は、安価な国産大衆車を生活の足として利用していますのよ」

「へー」

とトオルとミクがユニゾンで重なる。

「いわゆるセカンドカーですわ」

「なるほど。で、型式と車種名は」

タツヤくんが答えを急かす。でも何故、型式を先に知りたいのだろうと考える間もなく、麗しき貴婦人はエメラルドの瞳を爛々《らんらん》と輝かせながら答えた。

「Z33。フェアレディZを少々」

「なんとゼットっすか、シブっ」

トオルが再び叫ぶ。完全に目が点になっている。

そんな中でタツヤの目だけは、まっすぐに梅原麗華を見据えている。

「いい趣味してるねレイカさん。なあ、トオルもそう思うだろ」

「あ、ああ。しかし『ご趣味は』『少々』って。お見合いじゃないっつーの」

「って、これお見合い番組だから！」とミクが大声で突っ込む。

「あ、そっか」とトオルがこちらを振り向いた。

ふたりの遠距離夫婦漫才は続く。息もぴったり。梅原麗華はそれにかまわず、仁王立ちのタツヤに言葉を続けた。

「色はどちらもブラック。セカンドカーのほうは主に峠を攻めるのに使用していますのよ。こちらは安物なので、いくらこすったりぶつけたりしても安心ですわ」

「生活の足で峠攻めかよっ」とトオル。

「わたくしにとっての峠は、紛れもなく生活の一部ですわ」

「そ、それに安物っつっても、Zって車両本体価格だけで四百万円以上するんだぜ⁉」

トオルが恐れおののく。

「え、更に四百万円！」

ミクも驚愕している。さっきから車の話にはさっぱり付いていけないが、わたしたち女性はお金の話には敏感なのだ。

「わたくしこう見えても、経済観念はしっかりしてますの。しっかり者の節約上手な庶民派主婦業には、まさしく適任でございますことよ」

「どこがやねん。なあタツヤぁ、世界がちがうなあ。俺、ちょっと自信なくなってきたよ」

「へえ、峠攻めたりするんだ。人は見かけによらないね」

腰が引けはじめたトオル。ところが今度はタツヤの目の色が変わっていた。なにかスイッチが入ったみたいだ。

「Zか。コーナーリング、ブレーキングなどの操舵性に長けたミッドシップ・スポーツだね。走りへのこだわりを感じるよ」

タツヤくんの目が爛々と輝く。

「それに、また奇遇だね。僕も兄によく怒られるんだ『道楽もほどほどにしとけよタツヤ。親父の大切な遺産を食い潰すような真似は、俺が許さんぞ』って」

「お気持ち、お察し致しますわ」

梅原麗華が同調する。口元に手の甲を斜めに添え、悠然とした口調で微笑んでいる。

おとなしい人畜無害なお坊ちゃんかと思いきや、タツヤくんも走り屋なんだ……。人は見かけによらない。

「ねえ、レイカさん。このお見合いパーティーが終わったら、近いうちに僕と峠でバトルしない？」

レースの黒い手袋で、ゆっくりとサングラスを外し、頷く梅原麗華。

「レクサスといえばＦＲ《エフアール》ね。結構なご趣味ですこと。ヒルクライム、それともＦＲならダウンヒルのほうがお得意かしら」

エメラルドの瞳がパッシング・ライトの如く閃光を放つ。

「わたくしは、どちらでもよろしくてよ」

じっと見つめ合うタツヤくんと梅原麗華。

「約束だよレイカさん。楽しみにしているからね」

「うふふっ、わたくしのＺに付いて来られるかしら」

誰にも触れられないふたりだけの世界に、熱い視線が絡み合った。


「――さくらぁ。ていうかあのふたり、話が弾んでない？」

「え、ええ」

『赤毛のアン』に峠攻め、夢見る乙女の走り屋とは。なんとも常人には理解しがたい組み合わせだ。梅原麗華、やはり彼女は只者ではない。

さすがのミクも尻込みしながら地団駄を踏んでいる。

こうしてタツヤ、トオル、梅原麗華で成立したスリー・ショットを、カメラマンもぴったりと追っていた。

そのまましばらく盛り上がったあと、男子ふたりはさきほどと同じく、連れ立ってトイレへと向かって行った。

きっと、今の梅原麗華の感触も含めて、どの子が気になるのかトオルくんと品定めでもするのだろう。

密談には水場というのは、古今東西、女も男も変わらぬようだ。

◆

洗面所で手を洗い終えたトオルは、横のタツヤに濡れたままの掌を合わせた。

「いやあ、悪かったなタツヤ。キューピッド役、サンキュー」

タツヤがハンカチで丁寧に手を拭きながら微笑む。

「どういたしまして。さっき女子の集団から救出してくれたお礼さ」

デニムで手を拭いながら満足げな顔でトオルが言う。

「これで、やーっと超大物のレイカちゃんにお近づきになれたよ。でも、オマエらさ、なーんかこの俺を差し置いて、ふたりで盛り上がっちゃってさ」

「いやあ、クルマの話になるとついつい熱くなっちゃって。気がついたら僕ばっかりしゃべってたね。ゴメンな」

「つうかお前ら、なーんかいい感じだったぞ。もしかして、お前もああいうタイプが好みとか？」

「バ、バカなこと言うなよっ」

「あーあ、赤くなっちゃって。クックックッ、俺はタツヤくんのことはなんでもお見通しなのさ」

「そ、そんなんじゃないって」

「それに、ちゃっかりデートの約束にまで漕ぎ着けちゃって。純情そうな顔して、ヤルことが素速いですのぉ、走り屋だけに」

「だから、そんなんじゃないってば」

照れ隠しのようにそっぽを向いたが、そのままタツヤは、つい吹き出してしまう。

「でもトオルってすごいよね。人なつっこいというか社交的というか」

「ふーん、そうかぁ？」

「それにさ、君とはとても気が合うし。よっぽど相性がいいのかな、僕らって」

「そうだな、俺たちよっぽど相性がいいんだろな」

◆

梅原麗華とタツヤの親密ぶりを、わたしとミクが推し測っていると、今度は男子たちが、ここぞとばかりにわたしに群がりはじめた。

「さくらちゃーん！　よかったら俺らと一緒に――」

「ねえ、君、モデルさんなんだって。どうりで可愛いと――」

「ねえ、収録が終わったら俺らとドライブ行こっ」

ゲームのターゲットではない男たちに用はない。しかし収録上の設定を考えると彼らを邪険にもできない。さてどうしたものか。

「ハイハイハイハイ、残念だけどお姫様は売約済みだからねっ！」

困ったふりをしていると、せっせとミクがその場をさばいて、彼らを追い払ってくれた。

「いやー盛り上がってますねー。ではここらで中間印象チェックの人気ランキングの発表でーす」

ちょうどいいタイミングで、司会の森田の声がスピーカーから響き渡る。中間印象投票はバーベキュー後のフリータイム行われたので、思い思いに園内を散策している参加者の元へスタッフが回収に回っていたから大変そうだった。

思わず息を飲む女性一同。当然、わたしも。

「ジャカジャン。女子の一位はさくらちゃーん。男子の一位はタツヤくーん。どちらも第一印象チェックと変わらず圧勝でーす！」

安堵感も束の間、間髪容れずに幸田からショートメールが入った。

送信者：幸田D

姫へ。プリンスの中間印象第一位はチェリー姫じゃないんだってさ。残念、斬りっ！（死語）～カンニング幸田より

「しまった……」

趣味のクルマの話で梅原麗華と意気投合して、タツヤはとても嬉しそうだった。

さわやかな笑顔が、普段以上に輝いて生き生きとしていた。

それは、わたしたちには決して見せなかった、きらきらとした素敵な表情だった。

中間印象で、彼の中の一位の座を梅原麗華に奪われてしまったのだろうか。

きっと、わたしから心が離れてしまったのだろう。

このままでは敗北だ。ゲームとしても、仕事としても、女としても。

わたしの背中には冷や汗がだらだらと流れ出していた。

「さくら、すごーい！　へっへーん、どうだ見たかレイカー。我らがさくら姫の実力を」

せっかくのミクの激励も、わたしの中では虚しく空回りする。

【他のザコ共を何匹釣り上げようと、勝敗には関係しない。数の勝負ならさくらちゃんの優勢は目に見えている。それは彼女にとってフェアじゃない】

例の幸田の指令と中間印象の結果が交錯し、ぐるぐると頭の奥を駆け巡っていた。

「さあ、行くわよさくら。今度こそは逃がさないわよぉ」

その言葉に、はっと我に返る。

ミクはそう言うや否や、ようやくトイレから出てきたタツヤの元へ猛ダッシュで駆けて行った。

まさに猪突猛進、わたしはそれを必死に追いかける。落ち込んでいる場合ではない。

「ちょっとちょっと、そこの王子さんっ。さっきからウチのさくら姫が寂しい思いをしてるわよぉ。ほっといてていいのかなぁ。悪い虫がついちゃうぞぉ」

「あ、ああ、ごめんね。ついレイカさんと趣味の話題で盛り上がっちゃって」

「あれ、トオルくんは？」とわたし。

「ああ、ちょっとね。すこしだけ別行動したいって。気になる子がいるみたいだよ」

「へー、そうなんだ」

「ねえねえ、誰よ、誰？」

流すわたしと裏腹に、肘でタツヤをツンツンとつつくミク。それにタツヤは「ふふふっ」と含み笑いで返した。

「さて、おかげで僕もひとりぼっちになっちゃったし。ねえ、そこの素敵なおふたりさん。ボッチで寂しい哀れな僕を、もう一度君たちの仲間に入れてくれませんか？」

「賛成ーさんせー！　わたしスワンボート乗りたーい。さー行きましょう！」

笑顔を振りまきながら、ミクはわたしとタツヤの袖を無邪気に引っ張った。

「でも男ひとりに女の子がふたりっていうのは、ちょっとバランス悪いかな。せっかくだから彼に声を掛けてみないかい？」

そう言って、タツヤが芝生広場の脇の木陰の方向を指差す。

そこには寂し気な雰囲気で、ひとりぽつんと体育座りをする吉野の姿があった。


時刻は午後四時半を指している。そろそろフリータイム終了の時刻が迫っているが、スワンボートを楽しむ時間くらいはあるだろう。

そう判断したわたしたちは四人乗りのスワンボートで、池の上を漂っていた。

芝生広場の奥にある「きらきらフォレストレイク」。周囲を木立に囲まれたロマンチックなスポットだ。

もともとあった池を利用しているのだろう。けっこうな広さで、中ほどまで漕ぎ出てしまうとテレビカメラのズームでも表情までは捉えられないだろう。個別に参加者を追っているハンディカメラも、近くにはいないようだ。

小鳥がさえずり、空には数羽の白鷺《しらさぎ》が飛び交う。岸部の水面では、鴨の親子が優雅に泳いでいる。まるで北欧の森に浮かぶ幻想の湖に紛れ込んだかのような光景だ。

前列ではタツヤとミクが、一生懸命ペダルを漕いでいる。

「楽しー、楽しすぎるー！」と連呼しながら、きゃっきゃと左側席のミクがはしゃぐ。

その右側でタツヤが黙々と舵を切っている。ここからは表情は見えづらいが、背中から妙に真剣な空気が伝わる。

走り屋だけにハンドルを握ると人が変わるのだろうか。

ばしゃばしゃと水しぶきを立てて、四人を乗せたスワンボートが水面を進む。

わたしはというと、後列席の左側に座っている。その右隣には——吉野。

まさかのダブルデート的な展開。タツヤがさっきの言葉どおり、「ちょっとメンツが足りないんで、よかったら僕らと一緒にボートに乗ってくれませんか？」と優しく誘いかけた。

最初は無言でぶんぶんと首を横に振って、誘いに拒否の姿勢を示していた吉野だったが、結局嫌がる彼を無理矢理に、ミクが同乗させたのだ。

ちらと横顔を覗き込む。長すぎる前髪と分厚い眼鏡のフレームが邪魔をして目元が見えない。なにを考えているのか、まるで摑めない。

しかし、岸を遠く離れてからは、例のおどおどした素振りもしていない。カメラを気にする必要がないからなのか。それともタツヤとミクが、前席で操縦に夢中になっているせいなのか。あるいは、もうすぐ収録も終わるという安堵感からか。

——うーん、キャラがわからない。

やはり一連の挙動不審な態度は演技だったのだろうか。

吉野さんの顔、ちゃんと見てみたいな。さっきちらと垣間見えた素顔の片鱗がかっこよかった気がして、何故だか無性に気になってしまう。

「楽しー、うりゃあ！」

調子に乗ったミクが、ペダルを踏むペースを早める。

「おっと危ない」

慌ててタツヤが舵を切る。

ボートがバランスを崩して何度も揺れた。その度に吉野と肩が触れる。すこし動揺するわたし。

彼の肩のフケが気になるからではない。あれは間近で見ると、やっぱり模造品だとわかったからだ。

実は恥ずかしながら……華やかな芸能界に身を置きながら、高校も大学も女子校で、わたしは男性との接触には不慣れなのだ。

吉野さんのほうはどうなのだろうか。本当の吉野さんは、女性との接触に動揺していないのだろうか。

すこしは本音を聞いてみたい。でも声は出せない。前席にはふたりがいるし、幸田にも盗聴されているという話だし……。

そんなことを考えながら、彼の横でわたしも無言で鎮座していた。

すると突然――。

……えっ？

なんと吉野は唐突に、左手でわたしの右手を握って来た。

そのまま自分の膝元に引き寄せると、彼はわたしの右手に自分の右手を添えた。

え、え、なんで？

彼の思いがけない行動に、動揺と恥ずかしさで、わたしは耳たぶまでまっ赤に染まる。

指先で、優しくわたしの掌を開く吉野。女性のように繊細で綺麗な指。意外と長い。

彼は自分の右手の人差し指を、そっとわたしの掌の上で這わせはじめた。

こそばゆい。

え!?　なにか文字を書いている……。

——そうか、これは筆談だ。

ミクもタツヤも、完全に自分たちの世界に入っている。まるで後ろの様子の変化には気づく様子もない。

それでも細心の注意を払ってか、前列のふたりに怪しまれないように、吉野は前方を向いたまま筆を進めた。わたしはうつむいたまま、自分の掌を注視する。

『この展開は想定外、台本にない』

ゆっくりと書かれる指文字に、こくりと無言で頷くわたし。続ける吉野。

『お互い最後まで自分の仕事を全うしよう』

わたしは吉野さんの手を握り返し、今度は自分が彼の掌に感謝を込めて指を這わせる。

『はい、お仕事がんばりましょう』

そして彼はわたしの手を離した。

そのまま手を膝に乗せ、素知らぬ顔を決め込む。

クールな態度。これが素の吉野さんなのだろうか。本当にすべてが謎めいた人だ。彼はいったいなにを考えているんだろう。

……きゅんとしてしまったではないか。

いけない。わたしが挙動不審キャラになってどうするんだ。

前席のふたりにバレる前に、ボートが船着き場に着く前に。火照りを鎮めて業務に戻らなければ。

ミクとタツヤに気づかれないように、ちらりと吉野の横顔を見る。

相変わらず眼鏡の奥の顔はよく見えず、表情も摑めない。だけれど、彼のぼさぼさの長髪からすこしだけ覗いた耳たぶが、密かに赤く染まっているように見えた。

◆

時刻は午後五時半。陽は既に傾きかけている。

オレンジの光彩が深緑の芝生を包み込む。ひんやりとした風が肌寒い。

あっという間の半日だった。閉園を告げるメロディが園内に鳴り響く。

一般入場者が退出したあと、わたしたちイベント参加者全員は、午後六時に芝生広場の常設ステージに再集合することになっている。

そこでついに最終イベント「運命の告白タイム」が開催されるのだ。

常設ステージ周りは色とりどりのイルミネーションで飾られている。

番組用の電飾ではあるが、大自然のロケーションと相まって、昂揚感と共にロマンチックとさえ感じてしまう。

ボートを降りた途端に吉野は「ぼ、ぼ、ぼ、ぼ、ぼくこれで……」と、また挙動不審キャラに戻り、わたしたちから逃げるように離れて行った。

その後はトオルが合流して、開始当初のように再び四人で行動を共にした。

本当に楽しかった。仕事のことを、そしてゲームのことを忘れてしまいそうなほどに。

けれど、やはり結果への不安は拭いきれない。おそらくタツヤの中で梅原麗華の存在は大きくなっているはずだ。途中で完全に差を付けられてしまった。

仕事は結果がすべて。この勝負、梅原麗華に敗北を喫してしまったら。わたしの芸能人としての今後の人生は、いったいどうなってしまうのだろうか。

「さーて、残るはとうとう『運命の告白タイム』ね。ねえ、ふたりとも、ちゃんとわたしたちのことを指名してくれるんでしょうね？」

明るい口調のままミクが男性陣ふたりに釘を刺す。

「さーて、どうかなぁ。こればっかりはフタを開けてみてのお楽しみってヤツだからねぇ。なぁタツヤぁ？」

おどけた口調で返すトオル。

「ああ」

ミクとトオルくんって、やっぱり息が合っている。

わたしの目から見ても、このふたりはけっこうお似合いだ。

ミクが心変わりして、トオルとくっつけばいいのに。そうすれば丸く収まって皆が幸せになれるのに。

そんな風に考えてしまうのは、ちょっと虫がよすぎるだろうか。

「それにしても、タツヤくんとトオルくんって本当に仲がいいよね。付き合いは長いの？」

わたしは何気なくトオルに質問した。

「いいや、今朝からの付き合いだよ。このお見合いパーティーで知り合ったのさ」

しれっとした表情でトオルが言った。

——えっ!?

「えー！　そうなんだ、てっきり数年来の親友だと思ってた！」

ミクがオーバー・リアクションで口に手をあてる。彼女の驚きの声に乱されて、うまく考えがまとまらない……。

そこにすかさずタツヤが口を挟んだ。

「ほんとビックリだろ。僕自身も信じられないんだ。トオルの人なつっこさと社交性は本当にすごいよ。あと相性もいいんだろうね。僕ら、これからもいい友達になれそうだ」

今朝からの付き合いって——でもそのわりに、タツヤくんのおうちのことも趣味も、ほとんどトオルくんの口から聞かされた気がする……。

「そういえばトオルくんの苗字って聞いてなかったわよね？」
ミクが聞く。それにタツヤが答える。
「ああ彼、染井《そめい》っていうんだ。染井トオル」

◆

黒幕の男は携帯電話の画面を確認しながら、ひとり悦に入《い》っていた。

送信者：X
お疲れ様です幸田さん。例の作戦、成功しました。すべては幸田さんのシナリオどおりです。いい感じで盛り上がってましたよ、あのふたり。デートの約束もしてましたしね。身も心もレッドゾーンまっしぐら！

「クックックッ。いいねえ、実に献身的ないい仕事をしてくれたねえ。なかなかの名演だったよ、コードネームXこと某劇団所属の舞台俳優、偽名《ギメイ》の染井《ソメイ》、ト・オ・ルきゅ～ん♪」

送信者：Z
コーちゃんへ。わたくしたちX＆Zの最強タッグは無敵ですわ。〜怪盗貴婦人Zより

「いいっ、実にいい！　エックス、そして魅惑の恋泥棒。君たちの華麗なるコンビネーション、とくと拝見させてもらったゼーット！」

部下からの報告メールに、黒幕の男は破顔した。

◆

——!!　わたしは自分が大きな勘違いをしていたかもしれないと、今はじめて気づいた。

今朝の幸田との会話を思い出す。

【「ソメイ——ヨシノ?」「さくらちゃん、冴えてるぅ。完敗です名探偵」】

「んじゃあ皆、あとは『運命の告白タイム』で。ではでは、楽しいゲームを」

ひらひらと手を振るトオルと、そのあとを追うタツヤ。こうして彼らは、わたしたちの前から立ち去って行った。

去り際にトオルが、わたしをチラッと見ながらニヤリと笑みを浮かべたのを、わたしは見逃さなかった。

まさか……ヨシノだけじゃなく、ソメイもいたとは……。

【あっ、『ジジぬき』ね。最後までジョーカーが誰にもわからないやつ】

吉野が伝えようとしたX。それは第四のサクラの存在。その正体はおそらく――トオル。

梅原麗華に与えられた必勝法。それは敵陣に単身で乗り込み、誰にも気づかれないように敵の情報や内部を自在に操る忠実な部下《サポーター》の存在。おそらくターゲットのタツヤがクルマ好きという情報も、事前にリサーチ済みだったのだろう。見事な誘導で会話のきっかけをつくり、会話が弾んだところで身を引く。

麗しきエメラルドの令嬢が繰り出す秘策。それは、まさしく無敵の切り札《カード》、最終兵器、ロイヤルストレートフラッシュX。それが染井トオル、幸田が彼女に託した切り札「SPY《スパイ》」のカードの正体だったのだ。

不安が過り、冷や汗が背中を伝った。

「みなさーん、午後六時よりリハーサルを始めまーす。本番は午後六時半からでーす！」

午後五時五十分。スタッフ数名が各々、拡声器で参加者全員に声を掛けている。

「男性参加者は常設ステージの前へ、女性参加者はステージの上へ移動してくださーい！」

「さくら、早く行こう」

ミクがわたしの手を引っ張る。わたしは衝撃の展開に動揺を隠せないまま、重い足取りで常設ステージのある芝生広場へと歩を進めた。

こうしてわたしは満身創痍のまま、「運命の告白タイム」を迎えることになったのである。

◆

「さあ、いよいよです。では運命の告白ターイムっ！」

六時半ちょうどに、司会者の森田たかしのハイテンション・トークが、わたしたちの横後方に設置されたスピーカーから聞こえてきた。

芝生広場「常設イベントステージ」の背後には、『田舎へ嫁GO！』の番組ロゴのバックボード。

その上には大きな常設時計が午後六時半を示している。開始のときと同じく、その壇上にわたしたち十数名の女性参加者全員は、横一列で集合した。

目の前には森田と女性アシスタント。数名のカメラマン。そしてステージ下には横一列に並んだ十数名の男性参加者たちが、すっかり傾いた夕日を背に、芝生の上でずらりと立ち並んでいる。

番組ディレクターである幸田の姿はここにはない。きっと遠くから「神の視点」を決め込んでいるのだろう。

男性参加者は全員、一輪の赤いアマリリスの切り花を手にしている。

花言葉は「ほどよい美しさ」。ギリシャ・ローマ神話に出てくる女羊飼いのアマリリスが名前の由来だそうだ。美しいけれど気取っていない庶民的な花として、羊の世話をしたり田園で働く乙女たちの象徴とされている。

そしてこの花には「強い虚栄心」を持った美人を戒めるという意味も含まれている。

「ねっ、この番組のコンセプトにピッタリでしょ。くーっ、俺ってロマンチストのインテリゲンチャーンッ！」

考案者である幸田が、以前ドヤ顔でわたしに説明していたのを覚えている。

今回、男性たちは、壇上のわたしたちから見て左端から順番にステージにあがり、意中の女性の前に立って花を差し出し「よろしくお願いします」と求愛の言葉を告げることになっている。もし、自分の番が来る前に他の男性が自分の意中の女性の前に立った場合は、「ちょっと待った」と横入りすることができる。

花を差し出された女性は、その中からひとりを選び、「こちらこそよろしくお願いします」の返事か、全員に「ごめんなさい」と断りの言葉を告げる。よくあるお見合い番組のしきたりだ。

男性陣の列は、わたしたちから見て、左端にタツヤ、その横にはトオル。幸田の魂胆だろうか、いきなり真打ちを配置させるとは。ちなみに吉野は最後から二番目だ。

対する女性陣は中央付近にわたし、左横にはミク。梅原麗華は右端に立っている。ちょうどタツヤと対角の位置だ。

ここからは梅原麗華の表情は確認できない。彼女なりに緊張しているのだろうか、夕暮れ時だというのに例の黒いサングラスを掛けている。さすがにこのときばかりはあの老紳士も、ステージ袖で待機している。彼女の勝敗の行方が心配でしょうがないのか、極めて険しい表情なのが遠目でもわかる。

「いよいよね、さくら。あードキドキするわあ」

ミクは開始前と同じく、横にいるわたしの左手を強く握り締めた。掌から彼女の熱気がじっとりと伝わってくる。

しかしわたしは、まださきほどのトオルの台詞を噛み締めるように反芻《はんすう》していた。

【いいや、今朝からの付き合いだよ。このお見合いパーティーで知り合ったのさ】

だとしたら……。

その事実により、わたしの頭の中に仮説がふたつ生まれていた。わたしは今、それらについて密かに思い描いている。

ひとつは、ミクのことだ。

【ミクって呼んで。わたしもさくらって呼ぶからさ。せっかくだから仲良くしましょ】

彼女との出会いは正直ちょっと出来すぎているような気もする。

タツヤのパートナーのトオル。彼は、ほぼ確実に、幸田がプレイヤーである梅原麗華のサポーターとして送り込んだ刺客《サクラ》だった。

その事実によって、もしかしたらミクも、このゲームを掌《つかさど》る「神」である幸田が、プレイヤーであるわたしをサポートするために送り込んだ使者《サクラ》なのかもしれない、という可能性が浮上してきたのだ。

それならば、幸田がわたしに必勝法を伝授するタイミングが遅かったことも整合性が取れる。だって彼女とペアを組むことは、最初から「神」が描いたシナリオの内ということなのだから。

ちょっと可愛くて愛嬌のある元気娘な「道化師《ピエロ》」のカード。ミクは本当に涙ぐましいほど献身的にがんばってくれた。もし彼女のピエロ役が本人承知のお芝居であるとするならば、タツヤがわたしを選んでも、彼女が傷つくことはないだろう。

ミクは神がわたしのために遣わした、ピエロの仮面を被った天使。そう考えるのは、あまりにも虫がよすぎるだろうか。ともあれ彼女が第五のサクラであることを、今わたしは心の底から願っている。

もうひとつは、ゲームのエンディングについて。

これは仮説というよりは、むしろわたしの計画みたいなものと言ってもいい。

タツヤくんに「お願いします」と言わしめた者が、このチェリーゲームの真の覇者となる。

それが梅原麗華であるにしろ、わたしであるにしろ、その結末《シナリオ》が幸田の思惑どおりであるという事実は、おそらく揺るぎはしないのだろう。

「ふれあい牧場」でミクが見つめていた柵の中の迷える羊たち。それはまさに、今、置かれているわたしと梅原麗華の姿なのかもしれない。

　吉野さんの密告メッセージも正直気になる。

【単なる「王子さま争奪ゲーム」と思ったら大間違いだ】

　まがりなりにも、幸田は吉野の上司だ。彼に背いたのが公になれば、吉野はもうこの世界で生きていけなくなるだろう。その彼が決死の覚悟でわたしに忠告してくれた。つまりよほど見るに見かねるような非道な陰謀にちがいない。

　このますべてが幸田の思う壺になるのは、あまりにも危険すぎる。そして、なによりも癪《しゃく》にさわる。そう、だからわたしは今、このゲームを根底から覆す、ある破壊的な下克上《シナリオ》を思い描いている。

　タツヤがわたしを選ぶか、梅原麗華を選ぶか、正直わたしにはわからない。でも、もし。

タツヤが、もしわたしのことを選んでくれたら――。

「こちらこそ、よろしくお願いします」

　幸田の指示を裏切って、わたしはそう返事をしよう。

　そう、まさかの「どんでん返し」だ。

　表向きはあくまで王道、けれど真相は掟破りの逆転劇。

　正直に告白すると、わたしは仕事を抜きにして、彼のことが気になりはじめていた。それが好きという感情なのかどうかは、共に過ごした時間が短すぎてよくわからないが。

　梅原麗華やわたし以外の人たちにも、紳士的な気配りと心遣いが垣間見えた。

女性参加者からは引かれ、男性陣からも浮いているひとりぼっちの吉野を、自ら率先してスワンボートに誘うという、女性だけではなく男性にも分け隔てなく優しい人柄。

彼は本当に、見た目の印象どおり純粋で優しくて心の綺麗な人なのかもしれない。

この大自然の中で彼と共に、温泉宿の女将として慎ましやかに生きていく。そんな人生も悪くはないかなと、わたしは密かに思いはじめている。

そして「本格ミステリの神に誓ってタツヤはサクラじゃない」という幸田の発言。

【神様仏様エラリー・クイーン様に誓ってもいい。彼は正真正銘の一般参加者だよ】

もしタツヤがゲームのサクラであるのならば、ここまで手の込んだシナリオでわたしたちを競わせること自体、どう考えても無意味だ。だから、まるで信用できない幸田という人間の言葉を、今回だけは信じてみようと思う。

こんな騙し合いの薄汚れた芸能界に身を置くのも、正直疲れた。グラビア仕事や刺身のツマ扱いも、もううんざり。ましてやマクラ営業なんて絶対にありえない。わたしは梅原麗華みたいに強い人間ではないのだから。

だから。

このどんでん返しは、彼がわたしを選んでくれて、はじめて成立する綱渡りのシナリオ。もし梅原麗華が選ばれたら、その時点でジ・エンドだ。

だからお願い、お願い神様。わたしに勝利を与えてください。

「さあ、一番手は男子一番人気のタツヤくん！　今、ゆっくりとステージに向かいます」

アシスタントの甲高い声が、スピーカー越しに聞こえてくる。タツヤが、沈み行く夕日を背に壇上に向かってくる。赤いアマリリスの花を片手に真剣な表情の彼。さきほどまでの、はにかんださわやかな笑顔は、もうそこにはない。

「ああ、さくら。ドキドキだよ。わたしもう、目を開けていられないよぉ、さくらぁ」

ミクの右の手に、ぎゅっと力がこもる。わたしはそれを強く握り返した。そのまま、わたしたちは深々とうつむき、祈りながら両目をしっかりと瞑った。

足が震える。鼓動が高鳴る。チェリー・ピンクのカーディガンを羽織ったわたしの背中に、冷や汗が伝う。

「おーっと、男子一番人気のタツヤくんが選んだのは！」

司会者の空前絶後の雄叫びが、暮れなずむ芝生広場一帯に響き渡る。

——勝利の女神が微笑む相手は、わたしか、それとも梅原麗華か。

「よろしくお願いします！」

タツヤくんが大声で叫んだ。そう、両目を瞑りうつむいているわたしの前で。

勝った、梅原麗華に勝った、勝利の女神はわたしに微笑んだ。

「君のことが好きになりました。よろしくお願いします！」

「…………」

やだ、どうしよう。

「…………」

嬉しい、嬉しすぎて顔をあげられない。喉が貼りついたようで声も出ない。

そのとき、わたしの左手が摑まれていた圧力から解放された。

「……は……い」

――え？

今の……誰が言ったの？

「うっそー」

え？

「やっだー」

え？　なに？

「なに、なんでよーっ、なんであの子がーっ⁉」

なに、なにがいったい起こったの？

ざわつく女性陣。わたしは急いで目を開け、左横を見た。

そこには左の掌を口にあて、瞳を潤ませ、全身を震わせながら立ちすくむミクの姿があった。

「ミクさん、君のことが好きになりました。よろしくお願いします」

タツヤが真剣な表情で、赤いアマリリスの花を差し出しながら、まっすぐにミクを見つめている。

「……はい。こちらこそ……こちらこそ、よろしく……よろしくお願いします」

ミクがこくりとうなずきながら小声でつぶやく。そのまま、ついさっきまでわたしとつないでいた右手を添えて、彼の持つ赤いアマリリスの花を受け取った。

「な、なんと、まさかの大、ドン、デン、返し！　新カップル誕生ですっ。男子一番人気のプリンス・タツヤくんのハートを射止めたのは、愛嬌たっぷりの元気娘、二十四歳ＯＬのミクちゃんだーっ！」

怒濤の如く湧き上がる歓声。まさに蜂の巣をつついたような大騒ぎだ。思わず梅原麗華を見るけれど、大きな帽子とサングラスが邪魔をして表情はわからない。

「ありがとう、さくら。あなたのおかげよ。本当にありがとう、さくらぁ……」

涙で顔をくしゃくしゃにしたミクは、そう言いながら横で呆然と立ちすくむわたしの首筋に、ノースリーブの白い両手を廻して、背伸びをしながら抱きついてきた。

ミクはチェリーゲームのサポーターではなかった。神の遣いの天使ではなかった。単なる一般参加の女性だった。

わたしは、わたしたち薄汚れたふたりの芸能ザクラは、純粋な一般人の娘に惨敗した。

最悪のバッド・エンディング。

そしてこの瞬間、わたしの芸能人としての、女としてのプライドは粉々に砕け散った。

第三章

恋泥棒の悲劇

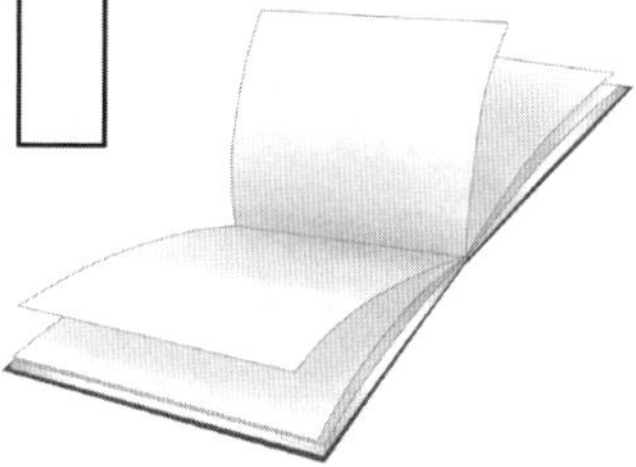

件名：敗者復活戦のご案内
送信者：幸田Ｄ
おつかれーカツカレー。お元気ですかイタいイタいの歯医者（はいしゃ）ちゃん♪　実はね、新しい企画を考えたんダネイ。ターゲットは人気クリエイターの某氏。君ともうひとりの廃車（はいしゃ）さんの梅ちゃんとで、どちらが彼を落とせるかを競うドッキリ番組。その名も「マクラ対戦！」〈続きを読む〉

わたしはその「迷惑メール」を、続きを受信しないまま削除した。

例のチェリーゲームから三ヶ月後の日曜日。

わたしは今、都内某区の手狭なワンルームマンションの自室で、ちいさな白いテーブルの前に座っている。昼間だというのに、目の前のロックアイスの入った一〇〇円ショップのグラスには、なみなみと安物のウィスキーが注がれていた。

服装はモノトーンの部屋着姿。閉め切ったカーテンの隙間からは、散らかり放題のこの部屋に眩しい夏の陽射しが差し込んでいる。

ゲームの敗者には「使えない娘」の烙印が押される。そんな幸田の予言どおり、あれ以来、幸田の迷惑メールを除き、わたしにはＴＶの仕事の依頼が一本もない。

もともと仕事が少なかったというのに、冴えないキャリアが、ますます冴えないキャリアになってしまった。

あのとき、モデルの肩書を出したとはいえ、一般参加者のふりをして素人参加番組に出演した。ほとぼりが冷めるまで、事務所もテレビ局に売り込みようがないのである。

辛うじてチラシ広告などのモデルの単発バイトと、深夜の病院清掃のバイトの掛け持ちで生活費を賄っている。

所属事務所が家賃を寮費として捻出してくれているのが、せめてもの救いだ。

だがその条件として、一応、芸能人の端くれではあるので、販売店員や受付嬢など顔バレするバイトは一切禁止されている。清掃の仕事なら大きなマスクをしているので、目立つことはないからOKとは社長からの指示である。

このまま番組出演の仕事が一本もなければ、いずれ事務所との雇用契約を解除されてしまう。つまりはクビである。

悪魔に魂を売り渡したわたしは、どうやら罪と罰という名の十字架を背負わされたみたいだ。奇しくも首を飛ばされτ《タウ》状に磔られ晒し者にされた、古典ミステリー『エジプト十字架の謎』の被害者のように。

いままでの仕事を思い返せば、こんな薄汚れた芸能界なんて、もうどうだっていいという気持ちになる。けれど自分から辞めると言い出す勇気もない。わたしは弱い人間だ。本当に情けないほどに。

わたしは芸能人でありながら、ひとりの一般人の普通の娘に惨敗したのだ。

あの瞬間、わたしの芸能人としての、女としてのプライドは粉々に砕け散った。その屈辱が、どうしても頭を離れない。

逃した魚は大きいというが、今まさにそんな心境だった。ゲームの栄冠という名の、汚れなき山里の清らかな渓流魚。その存在は、手放してしまうにはあまりにも大きすぎた。

魚といえば、トオルは「趣味：ルアー・フィッシング」と書いていたっけ。幸田が適当にでっちあげたのか、それとも本当なのか。まあ、今となってはどうだってかまわないけれど。

ちなみに、あのあと、二番手のトオルは、梅原麗華の元へと行った。

他の男性陣は超絶美女である彼女に気後れしたのか、「ちょっと待った」の声はなかった。

彼女はトオルの求愛を「ごめんなさいですわ」と一刀両断した。そこはおそらく台本どおりなのだろう。

そして三番手の見知らぬ男性は、わたしの元に緊張の面持ちで現れた。

そしてすぐさま「ちょっと待った」と、あちこちから声があがった。残りの半数以上の男性たちが、わたしの前に殺到したのだ。その中には、予定通り吉野の姿も含まれていた。

絶望の中、わたしは台本どおりに、周囲のどよめきを受けながら、吉野の差し出すアマリリスの花を受け取った。

わたしたちは、慈悲深いヒロインと冴えないダメ男くんの役を演じきった。以来、彼とは一度も会っていない。

わたしと同じくミクに敗れた梅原麗華は、あのとき、なにを考えていたのだろう。

だが、新進気鋭のスターとしてあれだけ飛ぶ鳥を落とす勢いを誇った彼女が、あの番組が放映されて以来、各種メディアから忽然と姿を消したこともまた事実だった。

わたしみたいに干されたわけではないだろうが、素人娘に負けた女として、例のパパに愛想を尽かされでもしたのだろうか。それとも、わたし以上にプライドの高そうな彼女のことだ。敗北の痛手から立ち直れず、引きこもりにでもなってしまったのだろうか。

タツヤと彼女は、あんなにも趣味の話題で盛り上がっていたのに。きっと例の峠攻めのデートの話もご破算になったことだろう。貴婦人Zの悲劇とはまさにこのことだ。

『Zの悲劇』とは、幸田が崇拝してやまない本格ミステリの神、エラリー・クイーンが書いたミステリ小説だ。わたしも好きなその作品は、女性探偵の一人称スタイルで、『エジプト十字架の謎』など国名シリーズと並び、クイーンの代表作である『悲劇四部作』の第三弾である。

この小説は厳密に言えば、続編でありシリーズ完結編の『レーン最後の事件』との二部構成になっている。そしてシリーズを最後まで通読すると、作者の仕掛けた驚愕の真相が待ち受けている。幸田曰く「人類史上最大最強のトリック」なのだそうだ。幸田のことは軽蔑してやまないわたしだが、たしかにその発言にだけは異を唱えるつもりはない。

そう、わたしの趣味は読書。例のゲームのプロフィールにも、たしかそう書いたはず。

走り屋のタツヤくんとは、残念ながら嗜好や価値観がちがいすぎたのかもしれない。内向的でインドアなわたしよりも、社交的でアウトドアが趣味のミクのほうが、ずっとお似合いである。

「はあ……」

インドアなだけでなく少々陰気かもしれない。こうやって辛いことや嫌なことがあると、すぐに塞ぎ込んでしまう。本当に弱い人間だ。

ため息混じりにわたしは、ロックグラスのウイスキーを一気に喉に流し込んだ。

「ちょっとぉ、さくら。昼間っから飲み過ぎだよ。いいかげん、それくらいにしとこうよぉ」

そのとき、テーブルを挟んで向かいに座る彼女が、心配そうにわたしの顔を覗き込んできた。

彼女のちいさな白い掌が、わたしの肩に優しく触れる。

「ええ、わかってるんだけど……ごめんね、ミク」

実はあれ以来、ミクとは友人関係を続けているのだ。休日である今日もこうして、わたしの住まいまで足を運んでくれている。

「だからほどほどにしようってば。そんなにお酒強くないんでしょ？」

ミクがわたしの肩をさする。大きなお世話と言いたいところだが、心配してくれているのは内心ありがたい。

仕事の未来も女のプライドも失った番組出演で、わたしが唯一、手に入れたもの。それがミクという友人である。

彼女がタツヤと結ばれたことは正直ショックだ。けれど正々堂々とわたしと戦うことを宣言し、見事に未来を手に摑んだ彼女には、なんの罪もない。

むしろ彼女を黙って利用した、汚れた芸能ザクラのわたしとは、まさに天使と悪魔ほどの差だ。

そう、だから、だから良心の呵責に苛まれたわたしは——帰りのバスの中で、わたしは彼女にすべての罪を告白した。

自分は実は芸能人で、このイベントを盛り上げるためにタレント事務所から派遣されたサクラだったこと。

ミクをピエロとして利用し、タツヤに近づき気を引きながら、彼に「お願いします」と言わせた挙句、掌を返したように求愛者を装った別のもうひとりのサクラと結ばれる予定だったことを。

そんなディレクターの描いたシナリオを演じていたのだと、周囲に聞こえないように、ちいさな声で洗いざらい暴露してしまったのだ。

もちろん、自分以外の芸能関係者の名前は一切口にしなかった。

サクラたちは皆、ただ自分の役割を仕事としてこなしたに過ぎない。わたしが勝手に告発する権利など、どこにもないのだから。

最後まで黙って聞いていたミクは、そうやって懺悔《ざんげ》しながら震えるわたしの肩を、そっと抱き寄せながら「本当のことを言ってくれてありがとう。これからも友達だよ。改めてよろしくね、さくら」と耳元で囁いてくれた。

その言葉を聞いたわたしは、彼女のちいさな胸の中で崩れ堕ちた。

「しっかしこの本棚、すごい本の数だよね。数えきれないけど、五百冊くらいあるんじゃない。これ全部読んだの？」

部屋の中を歩き回るミク。

「う……ん。まあ、だいたい。積読本も二割くらいあるけど……そんなことより」

昨夜の電話では、彼女もなにか相談したいと言っていたのだが、そのわりになかなか切り出さない。

「なにか話したいことがあったんじゃないの？」

わたしのほうからそう促してみると、ミクは黙り込んでしまった。

そのままテーブルの私の向かい側に座り込んで肘をつく。片手でコーラの入ったグラスを持ち上げ、もう片方の手でチョコレートを摘みながら、「実はね……」と、ため息混じりに語りはじめた。

「相談とか言いながら、さくらには話しづらいんだけど……彼とは……タツヤくんとは、その後、正直うまくいってないんだ」

いくら番組でカップルになったとはいえ、お互い大人で、仕事や生活のある身。それなりの覚悟で臨んだお見合いではあっても、現実として、すぐさま都会を捨てて見知らぬ田舎へお嫁入り、というわけにもいかないのだろう。

それに中国地方のO県と、ここ東京では、あまりにも距離が離れすぎている。実は成立したカップルの破局率が高いのも、『田舎へ嫁GO！』の密かな特徴なのである。

『そこはもちろん計算のウチなんダネイ〜♪　あくまでこれはバラエティ番組。慈善事業の結婚相談所じゃないんだよね。破局ネタも含めて、この番組の大事なお約束の商品。世の中そんなに甘くはないんデストロイ』

以前、幸田は自分の担当番組だというのに、そんな無責任なことを言い放っていた。

それでも中には遠距離恋愛の末、結婚へと恋を実らせるカップルもいる。

『だからこそ、カップルのその後の追跡ドキュメントが、いい視聴率《すうじ》を稼いでくれるんだよねん』とも、幸田はしたり顔で付け加えていたものだ。

「そっか、そうなんだ」

「タツヤくんとは結局、この三ヶ月でまだ二回しか会ってないの。一回目は彼がこっちに、二回目はわたしがあっちへ」

「実際、難しいよね遠距離恋愛って。でも行動的なミクのことだから、てっきり早々に移住しちゃうのかと、密かに思ってたんだけど」

「そのつもりだったんだけど、ね。実は彼が……。あ、例の『USO』に勤めている元カレのほうね」

ミクがバスの中で語っていた、あの妻子持ちの元カレのことだ。

「彼が奥さんとは離婚するから、どうしてもわたしとやり直したいって」

ミクがため息混じりに物憂げな表情でつぶやく。

「そうなんだ」

としか、わたしは返しようがなかった。

「そのことがあって、どうしても踏みきれなくって。正直、揺れ動いているの。ほんとダメな女よね、わたしって。だって彼には、ちいさな子供だっているっていうのに。なのに、わたしったら……」

「ミク……」

言葉が続かないわたし。

「ほんと馬鹿。ねえ、さくら。タツヤくんには内緒だよ」

「え、ええ」

「このことは絶対に、絶対に内緒だよ。女同士の秘密だよ」

「ええ、もちろんよミク」

でも、わたしは内心、その男をまったく信じていない。ミクのお人好しにもほどがある。起業から五年しかたたない『USO』に、いけしゃあしゃあと八年前から勤めているなんて大ウソをつく不倫オヤジのいったいどこがいいのだろう。

だいたい「妻とは離婚する」だなんて、不倫オヤジの常套句ではないか。

でも、その不倫相手の嘘にわたしが気づいていることを、どうしても彼女には伝えられなかった。正直、このままタツヤとミクとの関係が、いろいろなしがらみに苛まれてフェイドアウトしてしまえばいい。そんなことをわたしは心の隅で思い描いてしまうのだ。

わたしは地獄に堕ちて心が汚れてしまった。メフィスト幸田に毒されて人間が心底腐ってしまったみたいだ。

そんな邪念を振り払うかのように、わたしはロックグラスの残り少ないウィスキーを一気に煽った。

「あ、もうなくなっちゃった」

空のボトルを軽く振るわたし。ぴちゃぴちゃと底のほうで音がする。

「ねえ、さくらぁ。もうほどほどにしといたら」

スナック菓子を頬張りながらまたミクが言う。

彼女はいつも、なにかをもぐもぐと食べている。そちらこそ、ほどほどにしては如何《いかが》なものだろうか。ちょっとぽっちゃり気味で、ダイエットが必要だと思うのだが。

「ええ、そうね。じゃあご忠告どおり、次はほどほどにビールにしておくわ。ちょっとコンビニ行ってくるから。ついでにミクのジュースとお菓子も買ってくるね。じゃあ、お留守番お願いします、可愛いモテモテお姫さま」

「もう、さくらったら」

酔いも手伝い、わたしは芝居掛かった口調で、おどけながら頭を下げた。

エレベーターホールを出た所で、足元がふらつきはじめた。ちょっと飲みすぎたかもしれない。

都会の片隅の古びたマンション街の一角。灰色のビルが無数に立ち並ぶ。

埃に塗れた排気ガスが、汚れた大気と共に鼻腔にまとわりつく。焼けつく陽射しとアスファルトの照り返しがわたしの肌を容赦なく突き刺した。お酒の飲みすぎでむくんだ顔がヒリヒリと痛む。

ここ最近、紫外線対策はおろか、化粧すらしていない。

プロ失格、いや女失格だ。休日でもばっちりと、気合の入ったメイクを欠かさないミクとは大違いである。

生ぬるい汗がじっとりと、頭皮と衣服の中を湿らせる。深酒の酔いと相まって、得も言われぬ不快感をもたらした。

気持ちが悪い。わたしは電信柱に右手を突き、頭を深く下げた。

「ウッ」

胃の内容物が喉元まで逆流する。慌てて左手で口元を押さえ、必死にそれを飲み込んだ。こんなわたしとて、腐っても乙女のはしくれ。さすがに昼間から、公衆の面前で失態を晒すわけにはいかない。無理矢理に押し戻した胃酸が喉を焼く。残った左手も電信柱に添え、ぜいぜいと肩で大きく息をした。

歩道を行き交う人々が、怪訝そうに横目でわたしを見ていく。わたしと同世代くらいのカップルが、腕を組みながら脇を通り過ぎる。

「やだー。なーに、あの子。真っ昼間から酔っ払っちゃって」

すれちがい様、眉をしかめて怪訝そうに声をあげる派手なメイクの彼女。闇夜の墓地を通り過ぎるかのように、路上の汚物を避けるかのように、しっかりと組んだ彼の腕を、ぐいと胸元に引き寄せる。

「どうせキャバ嬢じゃないの。おっさん相手のストレス発散のホストクラブ通いで、調子ぶっこいて朝まで飲みすぎたとか」と、すこしイケメン風の彼。

「やだー」

「ん。でも、ちょっと可愛いかも」

彼がわたしの顔を覗き込もうとする。

その刹那、「バシッ」と彼の肩を強く叩く音がした。

「もう。なに目移りしてんのよ。最っ低っ」

冗談だよ、と答え、ふたりは仲むつまじさを見せつけながら立ち去って行く。取り残されたわたしは、電信柱に両手を突いたまま、その場にしゃがみこんだ。垂れ下がったわたしの黒い髪が、焼けたアスファルトにつく。

――惨めだ……。

もともと、女友達の少ないわたし。落ち込んで負のオーラを出しているせいか、最近はてんで誰も寄りつかない。そんな中、ああやってわざわざ心配して、マンションまで様子を見にきてくれるのはミクくらいだ。

ミクは社会人になってはじめて出来た、大切な親友と呼べる人。やっぱり『USO』の彼のことは、ちゃんと忠告してあげよう。

「タツヤくんとの素敵な未来を、他の誰よりも応援してあげなくちゃ」

ドブネズミ色の無機質なアスファルト。その泥沼に向かって、わたしはちいさくつぶやき、コンビニへと向かった。


「ただいま、ミク」

「おかえりっ。さくら携帯忘れて行ったでしょ。鳴ってたよ」

「あ、ごめんごめん」

普段は携帯を肌身離さないはずのわたしなのに。きっと飲みすぎていたせいだろう。それとも、もうロクに仕事の連絡も来ないだろうと諦める心の表れなのだろうか。

すぐさま着信履歴を確認した。

「ねえ、誰から？」

「えっと――あっ」

わたしは思わず声を漏らした。

「事務所の社長からみたい。ちょっとごめんね」

わたしは急いでベランダに出ると、社長に電話を掛け直した。

「桜子、何故コーちゃ……ディレクターさんからの大事な仕事依頼のメールに返事をしないの？　今日、これからあなたの自室で例のお見合い番組の後日談を撮りたいのに連絡がつかないって幸田さんから連絡があったのよ」

自室で⁉

最近、幸田からのロングメールに関しては、どうせ下卑た内容だろうと続きを受信せずにすべて削除していた。

だが、不本意な内容ながら、ちゃんとした仕事の依頼だったようだ。どうやらこれで首は繋がったみたいだ。選り好みをできる立場ではない。

「しっかりしてよね。あなたは私の女優としての後継者なんだから。密かに期待してるのよ。ウチもまだ駆け出しの事務所で……品のない仕事ばかりで悪いとは思っているんだけど。でも、あなたがここで頑張ってくれたら、きっといつかはいい仕事を取ってこれるようになると思うから」

わたしが、この世界に飛び込んだきっかけ。それは、事務所の社長である元サスペンス女優の秋元楓との出会いだ。

季節は秋。当時、わたしは大学四年生で就職活動中だった。専攻は文学部国文学科。大手出版社の編集部門への就職を希望していた。

子供の頃から読書が好きで、本をつくる仕事がしたかったからだ。いわゆる文学少女の鉄板である。

就活が忙しくレギュラーのアルバイトは時間の調整が困難だった。なので単発で入れるバイトを選んで行っていた。

その中のひとつがドラマのエキストラだった。昔からミステリーやサスペンス系の二時間ドラマが好きで、芸能界や女優への淡い憧れがあったのも理由だ。

その現場に出演女優のマネージャーとして居合わせた秋元さんに声を掛けられ、スカウトされたのだ。台詞もないようなモブのエキストラだから、演技が評価されたわけではないのだろうが……。

社長が現役の女優時代に演じていた『女弁護士・紅煌《くれないこう》』のドラマシリーズは子供の頃からよく観ていて、密かに彼女の大ファンでもあったわたしは、正直かなり嬉しかった。自分が、憧れの女優さんの元で働きながら、いつかはドラマで女名探偵になれるチャンスだってあるかもしれないなんて、本当に夢のような話である。

でも就活中だったし、よくも悪くも夢のような話だったので、その場では答えを濁したら、「気が向いたら、いつでも連絡を頂戴ね。待っているから」と名刺を渡された。

その後、わたしは就活を頑張った甲斐あって、大手出版社の文芸編集部の内定を獲得した。有名出版社の編集者というのは人気職で、高倍率の狭き門ではあったが、どうにか希望する進路を手にすることができたのだ。

けれど社会人としての堅実な道が見えた途端に、もうひとつの夢である女優が急に頭をもたげてきた。どちらの道に進むべきか迷った挙句、以前もらった名刺の連絡先に、こちらから「よろしくお願いします」と返事をしたのである。

芸能界は、もっと華やかで楽しい世界だと思っていた。正直、自分には向いていないと思う。

が、もはや他に仕事のあてもないし、尻尾を巻いて実家にも帰れない。

田舎の両親の顔が、何度も脳裏を過る。せっかくお金の掛かる東京の私立大学まで行かせてもらったのに、わがままを言って親に心配ばかり掛けてしまって、随分と無理をさせてしまった。

こうして迷った末にタレントになったのだ。今の自分がそういう優柔不断の結果だから、また同じように「このままでいいのかな」と流されて今の仕事を辞めるのは、ちょっと社会人としてダメすぎるかも知れない……。

電話を切り、部屋に戻った途端、来客を告げるチャイムが鳴り響いた。『田舎へ嫁ＧＯ！』の番組チーフＡＤの熊原《くまはら》が、わたしのマンションへとひとり訪れた。

熊原は人のよさそうな顔をしたおじさんで、おなかは少々メタボ気味だ。ちいさなハンディカメラをひとつ担いでいるだけで、カメラマンは同行していない。なんとも寂しいロケ隊である。

「〝吉野クンとの遠距離恋愛がうまくいかないの、シクシク〟そんな破局寸前の傷心ヒロインを撮影したいんだ」

ディレクターである幸田の指示を、単刀直入にわたしに伝える熊原。

うまくいかないもなにも、わたしは吉野さんの携帯番号はおろかメアドすら知らないのだが……。

それから熊原は、遠慮して帰ろうとするミクを引き止めると、「ねえ君、あのときの子だよね!? ちょうどよかった! あのイケメンくんとはその後どう?」と質問した。

すぐさま彼女は「やっぱり遠距離恋愛はしんどいですねえ」と答えていた。それを聞くや否や、すぐさま熊原はメールで幸田に連絡をした。

「グッドタイミングだよ! ウチのディレクターがぜひともツーショットでって言ってるんで。じゃあ、ふたり一緒に携帯電話を眺めながら、『やっぱ遠距離恋愛はしんどいよねえ』と、お互いに顔を見合わせて、ため息をつきまくるシーンを撮ろう!」

と嬉しそうな顔をして撮影のセッティングに取りかかった。きっと幸田は今頃「人の不幸は蜜の味」といやらしい笑みをニヤニヤと浮かべ、舌なめずりをしていることだろう。

撮影が始まる。指示どおりに「はあ」とため息を連発するわたしたち。

ミクの表情は真に迫っている。すごい。まあ、そもそも彼女の場合は演技ではなく現実なのだから、「真に迫る」という表現は不適当ではあるが。

ふたりの男性の間でリアルに悩むミクと、嘘の彼氏との嘘の悩みしかない自分が、同じように遠距離恋愛を悩むふりをさせられることが、密かに惨めで仕方なかった。

「うん、いい画《え》が撮れた。さくらちゃん、さすがは女優さんのタマゴだね。なかなかの演技だったよ。きっとディレクターも喜ぶよ」

　夕方、撮影を終えた熊原は、そんなお決まりの台詞を残して、わたしのマンションから立ち去って行った。

「じゃあ、そろそろわたしも帰るね。飲みすぎちゃあ本当に駄目だよ。また来るね」

　そう言ってミクも帰って行く。

　仕事の電話や撮影でバタバタしていて、彼女に『ＵＳＯ』の彼のことを忠告するのを、わたしはすっかり忘れてしまっていたことにあとで気づいた。


　深夜の静まり返ったわたしの部屋。

　枕元の携帯電話から突然メールの着信音が鳴り響いた。わたしの携帯は、アドレス登録をしていないメールには着信音が鳴らない設定にしてある。誰か知り合いからだ。

「こんな時間に誰だろう。また幸田ディレクターの迷惑メールかしら」

　着信を知らせる青色のＬＥＤランプが闇夜に光る。わたしは寝惚け眼《まなこ》で携帯電話を摑み、寝ころんだままおもむろに開いた。

「嘘」

件名：大事な話があります
送信者：タツヤくん

◆

「カット、カット！　ちょっとぉ、さくらちゃん。表情硬すぎよ、撮り直しねっ」

髭面《ひげづら》の中年ディレクターが、オネエ言葉でわたしを叱咤した。

例の傷心ヒロインのミクとわたしの後日談が放映されて以来、久しぶりにテレビ局から仕事の依頼が来るようになった。

わたしは今、深夜のBS通販番組で放映される、フィットネス器具の実用体験モデルとして、チェリー・ピンクのレオタード姿で撮影に参加している。もちろん台詞なんてものはない。

「すみません、釜田《かまだ》ディレクター」

「もうちょっと身を入れてお仕事やってよね。その表情じゃあ、カワイイお顔が台無しよ」

たしかにディレクターのおっしゃるとおりだ。プライベートと仕事の切り替えもできないなんて。まったくプロ失格だ。

「はい、すみません」

「なんか心ここにあらずってカンジよ。どうしちゃったの、なんかイヤなことでもあった？　ハハーン、さては男関係ね。恋の相談ならこのオジサマがしっぽりと乗ったげるわよぉ♪」

心ここにあらず、か。まさにそのとおりだ。そう、十日前の深夜、タツヤからのメッセージを受け取って以来――。

件名：大事な話があります
送信者：タツヤくん
さくらさん、お久しぶりです。お元気ですか？
今日、ミクちゃんからのメールで、君の最近の様子を伺いました。ひどく憔悴しているそうですね。とても心配です。
さくらさんが気に病んでいることに関してですが、実は、こちらからも、どうしても君に伝えておかないといけないことがあります。
今日はもう遅いので就寝中のことでしょう。そうは思っても、居ても立っても居られなくなってしまい、こんな深夜に突然の不躾なメールを送信してしまいました。許してください。そして、どうか真剣に聞いてください。

僕は本当は、君にアマリリスの花を差し出すつもりだった。途中ですこし気移りして、趣味が同じで話の合う麗華さんに惹かれたりもしたけれど。

第一印象からずっと決めていました。一目惚れでした。だから君に「お願いします」と告白しようと思っていました。


だけど、告白タイムの直前にスタッフ同士の内緒話を偶然聞いてしまったんだ。そう、実は君がタレント事務所から派遣されたサクラだってことを。

そして麗華さんも結局は、番組で用意したサクラでしかなかったってことも。

僕らの純粋な気持ちをもてあそぶなんて、正直許せなかった。

だから自暴自棄になった僕は、消去法で一般参加者であるミクちゃんに土壇場で乗り換えたんだ。内心、君や麗華さんのことは、もう二度と顔も見たくないと思っていました。

そう、さっきミクちゃんのメールを受け取るまでは。


君が、自責の念に駆られ、心底後悔していることを知りました。ミクちゃんも君のことをとても心配しています。

君は番組に利用されていただけなんだね。自分の仕事を全うしただけだったんだね。

「悪いのはすべて幸田というディレクターなの」

ミクちゃんもメールにそう書いていました。だから君はすこしも悪くない。むしろ自分に嘘のつけない、正直で心の綺麗な人だと思う。

どうしてもそのことをすぐにでも伝えたくてメールしました。だから気に病むことなく、一日も早く元気になってください。

では、乱文お詫び申し上げます。

追伸：このメールのことは、ミクちゃんにはくれぐれも内緒にしておいてください。僕は優柔不断なずるい人間だ。どうか許してほしい。

最初は、正直ちょっと信じられなかった。

このメールは本当に彼が書いたものなのだろうか、と。あんなに誠実そうな人が、ミクという存在がありながら、いまさらわたしに「本当は君に告白しようと思っていた」と言うなんて。

わたしはたしかに、タツヤたち本人と直接メアドの交換をした。その場で空メールで登録の確認もした。

だから間違いなくこのメールの送り主は彼自身のはずだ。つまり、そこから導かれる可能性はふたつ。

そのひとつは――やはりタツヤくんはあのゲームのサクラのひとり。

実は裏で幸田と繋がっていて、幸田の指示で今、わたしの気持ちを混乱させるために偽りの文面を送りつけているという可能性だ。

けれど、彼がO県Y郷温泉街の高級老舗旅館「花湯の里」の跡取り息子であることは紛《まが》う方なき事実。旅館のホームページにも従業員紹介で彼の写真が若旦那として掲載されているのを、あのあと確認済みだ。

プロフィール欄にも、別館のグランドホテルの経営者であるお兄さんとふたり兄弟であることが、しっかり記載されていた。

風来坊のフリーターを名乗っていたトオルとは異なり、彼の素性は明らかだ。だから無名の芸能人や劇団員という可能性は、ほぼゼロといっても過言ではない。

だとしたら、あのゲームでの立ち居振る舞いがすべて演技だなんて、素人の彼にあんな大芝居が打てるわけがない。

まさかタツヤくんには、スーパー・エリートのお兄さんとは別に、生き別れた双子の兄弟がいて、その片方が、実は腹黒い無名の役者だったとか……。

――くだらない。イマドキ使い古された双子トリックだなんて。昭和の推理小説じゃあるまいし。現実問題、そんな都合のいい偶然が重なるわけがない。

ふと、ゲームの打ち合わせのときの幸田の台詞が脳裏を過る。

【チッチッチッ、さくらちゃんも甘いなあ。この俺サマが、田舎のいたいけな好青年クン

捕まえて、そんなセコいトリック使うワケないっしょ。だいたいタツヤがサクラだったら、いったいなんのための必勝法なのよ】

幸田は本当にキモくてチャラくてどうしようもない極悪人の三文ペテン師だけど、本格ミステリへの深い愛情だけは本物だとわたしは思っている。

そんな幸田が、くどいくらいに何度も神に誓うと言っていた。「実はウソだよーん♪」みたいなアンフェアな発言だけは、幸田自身のプライドに懸けて絶対にしないはずだ。

【神様仏様エラリー・クイーン様に誓ってもいい。彼は正真正銘の一般参加者だよ】

となると、もうひとつの可能性は、あのメールが嘘偽りなしのタツヤくんの真実の気持ち——。どう考えてもこちらのほうが、遥かに信憑性が高い。

ミクとの恋のハンドリングにギクシャクしているから、やっぱりわたしという別のクルマに乗り換える、そんな、男のずるさという意味も含めて。

こうしてわたしは、幸田の本格ミステリの神に誓うという言葉と、タツヤの真実の気持ち。そのふたつを信じて、運命を託してみることにしようと思う。

帰ったら今夜、思い切って彼に返信しよう。わたしのことを実際どう思っているのか。彼に探りを入れるのに適した、さりげない文面を考えなければ……。

「ちょっとお、さくらちゃん。またボーッとしてるわよ。お仕事中に、なに考え事をしてんのよ？」

釜田ディレクターの叱咤が再び飛んできた。わたしは生返事をして、うわの空のまま撮影をこなした。

◆

そうして、あの撮影の夜にしたメッセージへの返信をきっかけに、わたしとタツヤは、メールを交換しあう仲となった。もちろんミクにはすべて内緒で。

悪魔だ、悪魔だ、悪魔だ。心の中で以前、幸田に言い放った言葉を反芻する。

そう、わたしはメフィストと共に地獄に堕ちた悪魔。親友の彼氏と密談を繰り返す、汚れた泥棒猫だ。

そして、何度目のやりとりだっただろうか。ついにタツヤくんが、わたしへのメールに禁断の黙示録を記した。

件名：アマリリスの花
送信者：タツヤくん
君もご承知のとおり、その後、ミクちゃんとはうまくいっていない。
実は彼女は、こちらに移住してくることをずっと拒んでいる。男のカンだが、ミクちゃんにはなにか隠し事があるのではないかな。

もしかして、そちらに僕とは別の彼氏でもいるのでは……と、正直そんな邪推もしている。

このままミクちゃんとお互い自分に嘘をつきながら、偽りの仮面を被って付き合っていくことに、いったいなんの意味があるのだろう。

もう、自分の気持ちに嘘はつけない。君のことが頭から離れない。

彼女とは別れる。

薄汚れた芸能界なんて足を洗って、僕の田舎に嫁いでくれないか。温泉宿の女将さんとして、僕と一緒に新しい未来を築いていかないか。

運命の悪戯《いたずら》に翻弄《ほんろう》されて、あのとき言えなかった言葉。あの番組を今、やり直させてほしい。僕の心の花を、どうか受け取ってください。

さくらさん、よろしくお願いします。

◆

件名：くどいようだが敗者復活戦のご案内
送信者：幸田D
おつかれーオムカレー。お元気ですか、イヤよイヤよも大スキなのエヘ♪の拝謝（はいしゃ）ちゃん。
実はね、またまた新しい企画を考えたんダネイ。どうしてこんなにも泉のようにアイディアが溢れるんだろうね。才能が有り余りすぎて、コーちゃんまいっちゃうよ～♪
では本題。場所は〈続きを読む〉

禁断の黙示録から数日後。タツヤへの返事を答えあぐねているわたしの元に、またしても幸田から迷惑メールが届いた。

「はあ、いつものように削除しようかしら……」

でも先日、社長に叱られたばかりだ。

不本意ながらわたしは、そのメールの〈続きを読む〉をクリックした。


では本題。場所はグランドホテルの宴会場。

ターゲットは宿泊客のオヤジ集団。ゲームのプレイヤーは、君を含むグラビアアイドル数名。君たちは、そのキモいオヤジの宴会に、パーティー・コンパニオンと偽って潜入する。君の衣装はもちろんチェリー・ピンクの浴衣だ。

う～ん、色っぽいねえ～。いやーん、コーちゃんまいっちんグ～♪

宴もたけなわな頃合いを見計らって仕掛け人が、「グヘへのへ。旦那ぁ、実は耳寄りな情報がありまして。実はこのホテルの露天風呂は男湯から女湯が覗けるんですよ。イッヒッヒ」との情報を流す。

その後、君たちは、順々に露天風呂で待機する。

そして覗かれたら、スタッフの合図で「ダメダメ～お仕置きよ～！」と、バスタオルの胸元に忍ばせた各々のイメージカラーのインクを仕込んだ水鉄砲で、覗いているオヤジたちの頭上に向かって発射する。

ゲームの勝敗は、誰がオヤジたちにインクを多くぶっ掛けることができるか。そう、すなわち君たちで女の魅力を争う、深夜のドッキリ番組。その名も『秋の湯けむり温泉お色気バトル』！

もちろん、オヤジたちの顔にはモザイク処理をするし、君たちも体に巻きつけたタオルの下は水着の着用をＯＫとするので心配ご無用。

今回も俺が想定するヒロインは君だ。だけどターゲットは飢えたオヤジたち。セクシーグラビア系のお色気むんむ〜んな娘が有利かもしれない。

だから今回は特別ハンデとして、君だけに最強の必勝法を伝授する。

先日、君のマンション宛てにその切り札を宅配便で発送しといたから。このメールを読む頃には届いていているかな。素敵なサプライズ、気に入ってくれることを期待してます。

では、楽しいゲームを。親愛なるチェリー姫の検討と健闘を心から祈る。チュ。チャイナ・オレンジの胸元に天地無用の想いをしたためて。〜まいっちんぐコーダ先生より

……やっぱりゲス企画のオファーだった。

いまさらなんでそんな番組に出なくてはならないのだろう？　正直これ以上、恥の上塗りはしたくない。でも、もう仕事を選んでいるような場合でもなかった。

数時間後、自宅マンションに宅配便が届いた。

「最強の必勝法って、特別ハンデって、サプライズって、いったいなんだろう」

わたしはそれを、おもむろに開封した。

「……なによ、これ」

中からはチェリー・ピンクの巨大なパット入りブラが現れた。

おまけに一枚のメッセージカードが添えられている。そこにはミミズののたくったような悪筆で、こう記されていた。

「君が想像している以上に、このアイテムの効力は高い。そして、それをどう使うかは君の自由だ。」

わたしはそれを読むや否や、カードと必勝アイテムを、ダストボックスの底へ向かって、思いっきり叩きつけた。

「まったく冗談じゃないわよ。そんな番組、無理、無理、絶対無理！」

その後、しばらくして幸田からショートメールが届いた。

送信者：幸田D

追伸：ゲームの開催場所はO県のY郷温泉「花湯グランドホテル」。

◆

それから数日後のO駅西口交通広場。

初秋の眩しい朝日を、高層ビルの窓ガラスが煌《きら》びやかに照り返している。目の前にはLシティビルというO県O市の新しいランドマークとして誕生した高層インテリジェントビルがそびえ立つ。

駅からビルに向かっては、屋根付きの歩行者デッキで連結。近代的なデザインの中において、木造の架構やアクセントの木装飾が心地よい空間を演出している。この駅構内外は、つい最近リニューアルされたばかりの話題のスポットなのだそうだ。

わたしは今、この西口広場のロータリーで番組スタッフのロケバスの到着を、たったひとりで待っている。

お見合い番組のときと同様、前日に新幹線で到着後、駅前のシティホテルに宿泊。午前八時に、ここで待ち合わせという手筈である。

秋の早朝だというのに汗ばむ肌。格好は、地味なトラベルバッグに、私服であるモノトーンのパンツルックという組み合わせだ。今回の衣装は浴衣とバスタオルなので、現地での受け渡しとなっている。

例の必勝法は当然、自宅のダストボックスの中に置いてきた。

ゲームとか、バトルとか。お偉いさんがどうとか、使えない娘だとか。そんな安っぽくてくだらないことは、もうどうだっていい。

わたしは彼に――タツヤくんと再会するために、ただそれだけのために、この仕事を引き受けたのだ。
返信できないままでいるあの告白のメッセージは、嘘偽りのない彼の本心なのか。それとも単なる女たらしの常套句なのか。
彼に会いたい。メールや電話ではなく、直接会って彼の口から真意を聞きたい。そうすればきっと、すべての答えが明らかになるはず。幸田のシナリオの結末も、彼の本心も、そしてわたし自身の彼への気持ちも……。
ねえ、そうよね——ミク。

待ち合わせ時間を二十分も過ぎた頃、携帯電話の時計を見ながらため息をつくわたしに、ようやく番組スタッフからショートメールが届いた。

送信者：熊原ＡＤさん
お疲れ様です。幸田は急病のために現地に行けなくなりました。
昨夜食べた地元特産の生牡蠣《なまがき》にあたったみたいです。我々もディレクター不在対処の緊急ミーティング中ですのですこし遅れます。今、代理の者を向かわせましたので、そのままお待ちください。

「いい気味よ。季節外れの生牡蠣なんか食べるからだわ。それにしても、代理の者って誰が……」

その瞬間。わたしの立っているロータリーに、突如、稲妻のような排気音を唸らせながら、一台の漆黒のスポーツカーが疾風怒濤の如く出現したのだ。

わたしの目前で雷鳴の如きブレーキ音と共に、ドリフトしながら急停車するスポーツカー。その左側テールライト横に輝くメタリック・エンブレムには、力強い英文字でこう記し刻まれていた。

『FAIRLADY Z』

スモーク処理のフロント・ドアガラスがゆっくりと下降する。その隙間から黒いサングラスをかけたひとりの貴婦人《フェアレディ》の如き麗しき令嬢の姿が見える。令嬢は、黒革のドライバーズグローブをはめた右手で、ゆっくりとサングラスを外した。

今再び、エメラルドの瞳がここO県の地に神々しい光を放つ。

「お久しぶりね、桜子さん」

――梅原麗華だった。

「コーちゃん、食中毒になって現地に行かれないみたいですわね。スタッフの方に頼まれましたの。駅で待機するあなたを、拾って行くようにって。さあ、早くお乗りになって」

「え、ええ。じゃあ、お邪魔します」

と乗り込んだ。

わたしは深窓の令嬢に促されるままに、彼女の漆黒の牙城・フェアレディZの助手席へと乗り込んだ。

Ｏ駅西口から十五分ほどで、高速道路であるＳ自動車道Ｏインターに到着。そこからＯ自動車道、Ｃ自動車道とＪＣＴ経由で、Ｙ郷温泉街のあるＭ市へと向かっている。

わたしが座っている助手席は右側。左右逆の馴染みのない仕様のせいか、落ち着かない。不思議な乗り心地だ。

ちらと左側の運転席周囲《コクピット》を見回す。

いろいろなメーター類が後付けされている。シートも普通とはちがう。レーシングカーのそれみたい。横にはＲＥＣＡＲＯ《レカロ》のロゴマーク。

側面や後部には、筋交いのようなアルミ製のバーが取り付けられている。

「麗華さん。この車って、かなり改造しているみたいね」

「たいしたことはないですわ。そうですわねえ、車両価格は軽く超えてますけど」

たしか以前トオルが車両だけで四百万円以上すると言っていた。ということは——安価なセカンドカーに総額一千万円前後！

「この世界では、よくある話ですわ」

その世界とは、走り屋の世界を示しているのか、それとも上流階級《セレブ》のことなのか。

「それに以前、この車って国産車って言っていたけど。左ハンドルなのね」

「ええ、海外仕様ですわ。ロシアで購入して、免許取りたての頃はそちらで乗っていましたの。右ハンドルはどうも慣れなくて、航空運輸便で日本に連れて来たのですわ」

国産車といえど、左ハンドルの逆輸入品とは。なんともゴージャスである。

「本当は走行性を重視して、定番のツー・シーターがよかったのですけど。スポンサーのパパが『守山と行動を共にするのに不便だから』と許可してくれなかったのですわ」

やはり、パパとやらに買ってもらったようだ。

すると背後から声がした。

「お嬢様には、いつもご迷惑をお掛けしております」

ちらと後部座席に目をやる。そこには例の白髪でタキシード姿の老紳士が、背筋を丸めて鎮座していた。流線型の低い車体なので、頭上が窮屈そうだ。

わたしは「桜子といいます。麗華さんとは、お仕事でご一緒させていただいています。先日の収録でもお会いしましたよね。どうぞ、よろしくお願いします」と軽く会釈した。

「これはこれは、ご丁寧なご挨拶を痛みいります。執事の守山と申します。お噂はかねがね、お嬢様よりお伺いしております。こちらこそよろしくお願い致します」

老紳士は胸に手をあて、シートベルトをしたまま深々とお辞儀をした。

えっ？　たしかマネージャーって話じゃなかったっけ？　そう思って尋ねると、

「はい。お嬢様のお仕事中はマネージャーとして従事させていただいておりますが、本職は執事でございます」

「そ、そうなんですか……」

……なんだかよくわからないが、執事コスプレなのではなく、本物の執事だったようだ。ちょっとややこしいが「執事設定のマネージャー」ではなく、「マネージャー設定の執事」ということらしい。

今度は左側運転席の梅原麗華に目をやる。

服装は前回と同じくプラム・カラーの長袖フリルシャツに、黒のロングスカート。陽に弱いのだろうか、夏場でも長袖だ。

異なるのは、つばの広い黒帽子を被っていないこと。黒いレースの長手袋が、黒革のドライバーズグローブに変わっていること。それから運転用に黒いスニーカーを履いていることくらいか。

今回の温泉バトルのプレイヤーの中に梅原麗華の名前はなかった。当然だ、人気タレントでプライドの高い彼女が、こんなゲスな番組で肌を晒すわけがない。

なのに何故、彼女は現場へと向かっているのか。前々回の水着企画のように、特別ゲスト枠、ＶＩＰ待遇での出演だろうか。

そうやって、またヒエラルキーのちがいを見せつけられるのかと思うと憂鬱になる。

「守山、すこし急ぐわよ」

「承知致しました、お嬢様」

「桜子さんも、よろしくて？」

「え、ええ」

彼女は勢いよく左側のペダルを踏みつけた。すばやくクラッチを操作し、今度は右側のペダルを踏んだ。

爆音と共に加速する。現在、O自動車道を北上中だ。

隣のレーンの車を次々と追い抜き、窓の外の景色が瞬く間に流れていく。

スピードメーターは時速一〇〇キロを優に超えている。

「ねえ、麗華さん。ちょっとスピード出しすぎじゃない。怖いわ」

「あら、ごめんなさいね。まだ、ほんの序の口なのですけど」

手慣れた動作で、素早くマニュアル・シフトを切り替える彼女。直ぐさまエンジンブレーキが作用し、車体が大きな唸りを上げる。

彼女はすこし減速してくれた。

「わたくしの祖国ロシアでは、国土が広いわりに、ほとんど高速道路がありませんの。一般的に整備されたアスファルトのものは、モスクワ周辺に僅かにあるのみ。冬季は凍った川を高速道路としたりしていますのよ」

「へえ、そうなんだ」

「その点、日本の道路事情は恵まれていますわ。『無駄に税金を投じすぎ』とパパがいつも新聞に向かって苦言を呈していますけど」

また「パパ」が出た。好奇心を抑えられなくなったわたしは、せっかくの機会だから、ちょっと探りを入れてみることにした。

「ねえ麗華さん。あなたのパパさんって、随分とお金持ちみたいだけど、いったいどんなお仕事をなさっているの？」

「ええ、ウチのパパは……」

眉をしかめて語り難そうにしている。怪しい、やっぱりパトロンなんだ。

沈黙する梅原麗華に代わって、老執事が「コホン」と口を挟んだ。

「麗華さまのお父上は、ロシア大蔵省管轄下にある、政府指定貴金属輸出公団の重要ポストを担う役員でございます」

「えっ？　父上？」

「はい。世界有数の鉱物生産・輸出国であるロシアにて、白金系金属やダイヤモンドなど宝飾品の輸出業務を行っているのです」

なんと！　パパとは本当の父親のことだったのか。しかもロシア宝飾品公団重役のご令嬢とは。まさに筋金入りのプリンセスではないか。

「守山、すこしおしゃべりが過ぎましてよ」

バックミラー越しに、後部座席の老執事を睨みつける梅原麗華。

「……失礼致しました、お嬢様」

どうやら彼女が答えあぐねていたのは、自分が国際的大富豪の娘であることを公言したくなかったためみたいだ。

おそらく周囲にちゃんと説明をしないまま「パパ、パパ」と連呼していたせいで、パトロン疑惑の黒い噂がひとり歩きしたのだろう。

「嗚呼《ああ》、もうかれこれ二十年近く、お嬢様のおそばに仕えさせていただきながら、このような失態を。不肖守山李白、以後、肝に銘じます故にご容赦を」

バックミラーには、大げさな身振りで懺悔する老執事が映っていた。


数十分後。わたしたちを乗せた漆黒の牙城は、JCTを通過して早くもC自動車道に乗り入れた。ナビの到着予測時間がどんどん縮まっていく。

その間、漆黒の車内には殆ど会話はなかった。

「はあ、今回もヨゴレな仕事かあ」

思わず本音が漏れる。慣れない速度と対人距離、しかも相手は超がつくほどのご令嬢。緊張に耐えきれなくなったわたしは、ため息まじりに仕事の愚痴をつぶやいた。

わたしの敗者復活戦でもある今回の業務『秋の湯けむり温泉お色気バトル』。まったくタイトルを口にするのもおぞましい。

しかし幸田も、よくもまあ次から次へと、こんな安っぽくてくだらない企画を思いつくものだ。一度でいいから、そのドス黒い頭の中身を覗いて見たいものである。

そんなわたしの憤りとは裏腹に、ひたすらに沈黙を守る梅原麗華。真っ直ぐに進行方向を見据え運転を続けている。まるでなにかに取りつかれたかのように。

「ねえ、麗華さん。麗華さんは嫌じゃないの？　毎度のこと、幸田ディレクターの企画する下品な番組に出演することが。そりゃあ貴方は売れっ子のスターだから。無名のわたしたちのように、水着姿を晒すようなことはないでしょうけど……」

沈黙に耐えかねたわたしは、予てからの疑問を投げかけてみた。何故、彼女ほどの大スターが、幸田が演出するゲスい番組のオファーを毎度、引き受けるのだろう。正真正銘の高貴な令嬢とわかった今、その疑問はなおさら深くなっている。

短い黙秘のあと、すこし芝居掛かった慇懃な口調で梅原麗華は答えた。

「〝人類の最も偉大な思考は石をパンに変えるということである〟ですわ」

「は、はあ」

意味不明な回答に困惑するわたし。

「この言葉、おわかりになります？　桜子さん」

「えっと、たしか――」

誰だっただろうか。

「ドストエフスキーでございます」

老執事が代わりに答える。

「あ、ああ、そうそう。そうよね」

ロシアの小説家・思想家フョードル・ドストエフスキー。『罪と罰』、『白痴』、『悪霊』、『カラマーゾフの兄弟』などが代表作。トルストイやツルゲーネフと並び、十九世紀後半のロシアを代表する文豪だ。

「当時広まっていた社会主義思想に影響を受けた知識階級の暴力的な革命を否定し、キリスト教に基づく魂の救済を訴えた。いわゆる実存主義の先駆者でございます」

「わたくしとて一介の乙女の端くれ。コーちゃんが企画する一連の俗物的な番組なんて、本音を言わせてもらえば一刀両断で『ごめんなさい』ですわ。でもね、桜子さん」

「でも？」

「どのような品性下劣な内容でも、それがわたくしに与えられた仕事。その仕事を全うすることが、天からわたくしに与えられた使命」

「うっ……」

「低俗番組という石を、大地の恵みのパンに変える。それが、他の誰でもないわたくしにしか成し得ない偉業。毎回そう言い聞かせて、自分を励ましていますのよ」

薄汚れた路傍の石をも、光り輝く貴金属に変えてしまう。まさに宝石商のご令嬢の、彼女ならではの錬金術といったところか。

「ロシア民族の特徴として、仕事面での誇りが高く、学問や芸術などに優れた才能を発揮していることが一般的に挙げられるのです」

背後から老執事が、わたしに話しかける。

「それに影響を与えたものとして、歴史的背景が挙げられます。ロシアは、多くの外敵との戦いを経験してきたことにより、軍事・学問・芸術で愛国心と民族の誇りを高めてきたのでございます」

どんな嫌なお仕事にも、誇りを持って取り組んでいる。それがロシア人の国民性であり彼女の人間性ということか。

しかし、なんというプロ根性。外見は異国の貴婦人《フェアレディ》だが、その魂は侍だ。

「それに、すこし俗物的な一面もありますけれど。世の仕事は結果、つまりは数字がすべて。なんだかんだと言いましても、コーちゃんは優れたプロフェッショナルのディレクターですわ」

わたしには俗物の大権化にしか見えないが、彼女は幸田のことを尊敬しているようだ。

「指導者に強いリーダーシップを求めるのも、ロシア民族の大きな特徴でございます。仕事上の付き合いにおいても、人間同士の信頼関係を大切にするのです」

「わたくしを生かすも殺すも、すべてはコーちゃん次第。わたくしというゲームの駒、すなわち部下は、指導者を信じてついて行くのみですの。もちろん桜子さんも、わたくしと同じような気持ちで、今の仕事に臨まれていますのよね」

「え、ええ。もちろん」

そんなご大層なこと、今まで一度も考えたことはなかった。いつも、ただ流されて愚痴ってばかりの自分が心底情けない。

「麗華さん、随分と古典文学にお詳しいことで」

つい拗ねた口調になってしまったのが我ながら大人げない。わたしの十八番《おはこ》である文芸の知識までも、お株を奪われてしまった。

彼女は、ゆっくりと頭を振った。

「すべてはパパの受け売りですのよ」

梅原麗華が自嘲気味に苦笑する。

「いつも博識のパパに叱られていますのよ。『趣味を磨くのも花嫁修業とはいえ、ドライブや子供向けのアニメーション鑑賞もほどほどに。もっと様々な本を読んで自分を磨くように』と。自発的に読書に勤しむ桜子さんを尊敬致しますわ」

深い造詣を持ちながらも、決して驕《おご》ることのない梅原麗華。

——勝てない、彼女にはなにもかも勝てない。

「私の経験から言うと、〝物事は楽しもうと思えば、どんなときでも楽しめるもの。もちろん、楽しもうと固く決心することが大事よ〟——なのですわ」

「えっと、その名言は——」

今度はトルストイだろうか？

「アン・シャーリーでございますね、お嬢様」

そっちか！

彼女は無邪気な笑みを浮かべた。

「イエス、守山！」

そこからまた沈黙が続いた。

フロントミラーで背後を確認。老執事はさっきから背筋を伸ばしたまま目を瞑っている。

どうも居眠りをしているというわけではなさそうなので、女子トークにあまり介入してはいけないと、自重しているのかもしれない。

「ねえ、桜子さん」

今度は梅原麗華が口火を切る
「え、なに、梅原さん」

「わたくしが何故、ファーストカーのポルシェでなくて、セカンドカーのZでロケ地へ向かうのか、おわかりになって」

「いえ……」

正直、車のことはよくわからない。

「ポルシェとレクサスSCではマシンスペックがちがいすぎましてよ。わたくしは正々堂々とフェアプレイで彼との最終決戦に挑みたいのですわ」

遠くを見つめながらつぶやく梅原麗華の黒いサングラスのフレームの隙間から、エメラルドの瞳がちらと垣間見える。

わたしは、ずっとずっと気になっていたことを、恐々と彼女に聞いてみた。

「ねえ、麗華さん。彼とは……タツヤくんとは、その後、連絡を取り合っているの？」

数秒の沈黙。そのあと、彼女はぽそりとつぶやいた。視線をフロントガラスに向けたまま、遥か遠方を見つめながら。

「決戦は明日の夜。彼、直々のご指名ですわ」

「…………」

タツヤくんは梅原麗華とも連絡を取っていたんだ！　わたしへのメールには、そんなこと、ひと言も書いていなかったのに。

彼のことが信じられなくなった。やはりさわやかお坊ちゃん仮面の正体は、女たらしのゲス男爵という顚末なのだろうか。

「よろしくてダイアナ」

「え、わ、わたし？」

ダイアナ。『赤毛のアン』の親友の名前だ。

まさかの友情宣言。不意を突かれて挙動不審になってしまう。

「この空間で、他に女性が居《お》りまして？」

顔面を硬直させながら「それもそうよね」と、引きつった愛想笑いをわたしは浮かべた。

「この勝負、わたくしは絶対に負けませんことよ」

「え、ええ」

その勝負が、彼との峠のバトルのことを指すのか。それとも、わたしとの恋のバトルのことなのか。結局、わたしは最後まで聞けず終いだった。

その後も、わたしたちは終始無言だった。

沈黙を破るように、彼女はカーステのミュージックプレイヤーをセットした。

『赤毛のアン』に始まり、『ベルサイユのバラ』『南の島のフローネ』『花の子ルンルン』『小公女セーラ』『美少女戦士セーラームーン』『おジャ魔女どれみ』『プリキュア』など、新旧アニソンのオンパレードだ。

『花の子ルンルン』のエンディングテーマを鼻歌で口ずさむ彼女の手元で、スピードメーターは一〇〇キロ超えを示している。

しかし光速の改造車のBGMが乙女チックなアニソンとは。

そして愛読書はドストエフスキーとくる。梅原麗華、やはり彼女は只者ではない。


こうしてわたしたちは、ナビが示した当初の予定より三十分以上も早く「花湯グランドホテル」の駐車場に到着した。

猛スピードだったせいか、ちょっと車酔いしたみたいだ。気持ちが悪い。

「お疲れ様。おかげで道中、退屈せずに済みましたわ。では、わたくしはこれにて。今晩の撮影直前ミーティングでお会いしましょう」

「こちらこそ。いろいろとありがとう梅原さん」

「レイカって呼んでくださってよろしくってよ、ダイアナ」

そちらこそ、素直にさくらとは呼んでくれないのだろうか、ミクのように。

彼女も案外人付き合いの苦手な、素直になれない性格なのかもしれない。そう考えると、不覚にもすこし親近感が湧いてしまいそうだ。

「行きましょう、守山。ではのちほど、ごきげんよう」

梅原麗華が涼やかな顔をして手を振る。そのまま優雅なモデルウォーク風のターンで背中を向けた。

「それでは失礼致します」

老執事も深々と頭を下げ、あとを追う。

そしてふたりは、ホテルの入口へと消えて行った。

彼女の後ろ姿を見届けると、わたしはすぐさまタツヤにメールをした。

実は驚かせようとして、今日のことは彼には内緒にしていたのだ。彼の気持ちが本物ならば、わたしの突然の来訪をすんなりと受け入れるはず。

そう、あのメールにあった言葉が本心ならば。

しばらくして彼から返信が届いた。

件名：RE:タツヤくんへ
送信者：タツヤくん
さくらさん、こっちに来てるんだ！　しかもウチの別館でＴＶのロケだって？
ホントびっくりしたよ。でも、もっと早く言ってほしかったな。
実は昨日、トオルと久しぶりに再会してね。今、彼と一緒に県南の野池で、彼の手ほどきでバス・フィッシングをしている最中なんだ。

県北ではニジマスやアマゴといった渓流魚しか釣れないから、バスのダイナミックな引きはとてもエキサイティングだよ。

トオルはキャスティングの達人で、さっきからヒットしまくってるよ。まさに釣り名人だね。

ともあれ、とても嬉しいサプライズです。夜にはそっちに戻れるから、ぜひとも今晩にでも落ち合おう。


「トオルくんとバス・フィッシング!?」

何故、今頃になって「SPY」のカードを再び繰り出すのか。

もしや、わたしと彼を引き離す梅原麗華サイドの作戦だろうか。

仮説として、不在証明は虚偽という可能性も否めない。普段、ミステリ小説ばかり読んでいるせいか、わたしは少々疑り深い性格なのだ。

そこで、本館である「花湯の里」へ「タツヤさんの知り合いの者ですが、ご在宅でしょうか」と、それとなく探りの電話を入れてみた。

「申し訳ございません。タツヤぼっちゃまは早朝から県南のほうへ、染井さんというご友人の方と釣りに出かけていますが――」

仲居さんらしき若い女性の声で、あっさりと返答された。

「嘘じゃなかったんだ」

こうして彼の確固たるアリバイは成立した。

気を取り直したわたしは、彼に『今晩は撮影で遅くなるので、会うのは東京に戻る直前の明日の朝にしましょう』と返信した。

件名：RE:RE:タツヤくんへ
送信者タツヤくん
了解。じゃあ明朝の再会を楽しみにしているよ。

追伸：先日の告白、正々堂々と君に直接会って言わせてください。

すごい直球だ。やはりあの告白プロポーズは本心ということだろうか。

「じゃあ、なんでわたしに麗華さんのことを内緒に……？」

彼は何故、明日の夜の梅原麗華との峠のデートのことを、わたしに黙っているのだろう。

そしてなにより、現在の恋人であるミクには、なんと言ってこの状況を説明するつもりなのだろうか。

　わからない。彼の考えていることが……。


　メールのやり取りを終えたわたしは、フロントでチェックインの手続きを行った。

　吹き抜けの広々とした白いロビーの天井には巨大なシャンデリア。その天井まである側面のガラス窓の向こうには、日本庭園風の空間が悠然と広がっている。まさに豪華絢爛《けんらん》という言葉がふさわしい。

「お世話になります、よろしくお願いします。それにしても、すごい豪華なロビー。本当に素敵なホテルですね」

　わたしは、思わず年配の男性フロントマンに話しかけていた。

「お客様、まことにありがとうございます。先代の社長から引き継いだ現社長がとても経営手腕に長《た》けておりまして、就任後、瞬く間にこの界隈で一番との評判のグランドホテルへと進化を遂げたのです。ぜひ、今後ともご贔屓《ひいき》にお願い致します」

　さすがはスーパー・エリートのお兄さんだ。こちらこそ、この機会にぜひともお目に掛かりたいものである。

　そんな調子で感嘆するわたしの背中を、背後から誰かがトントンと軽く叩いた。

　誰だろう、梅原麗華か。それともスタッフがようやく到着したのだろうか。わたしは、すぐさま後ろを振り返った。

「……！」

その瞬間、まだ蒸し暑い初秋の時期だというのに、わたしの背中に絶対零度の寒波が急転直下に押し寄せた。

「さくら、なんであなたがここにいるの？」

ミクだった。


「わたし有給使って来ちゃったの。どうしてもタツヤくんとのモヤモヤに決着をつけたくて」

ミクは、うつむき加減でそう言った。

「わ、わたしは……急に仕事が入ったのよ、ここのホテルで、ロケの……」

わたしの答えはしどろもどろになってしまった。

わたしたちは、どちらからともなくロビーの隅に移動していた。ふたりの会話を誰にも聞かれないように。

「驚かせようと思って黙って来たんだけど。タイミング悪いことに、彼、今日は友達と県南へ遊びに行ってるみたいなの。さっき彼の携帯に電話したとき本当に心底驚いた声を出してたわ。反対にこっちのほうがビックリしちゃった」

「え、ええ、トオルくんとふたりで釣りに行ってるみたいね」

「……ていうか。なんでそれを、さくらが知ってるのよ」

ミクがわたしを睨みつける。

しまった、墓穴を掘ってしまった。まずい。

「あ、ちょっと、それは……えっと」

顔面が強張る。全身の血の気がどんどん引いていく。

「ふうん。ていうか彼、トオルくんとの付き合い、まだ続いてたんだ。わたしは聞いてなかったけど」

上目遣いでわたしを見るミクは、『田舎へ嫁GO！』のときと同じ、ノースリーブの白いワンピース姿だった。自慢の白い肌を強調した彼女の勝負服だ。

それにいつも以上の厚化粧。きっと必勝メイクなのだろう。

「それに今日、彼のお兄さんのホテルで撮影があるだなんて。わたしにはヒトコトも言ってなかったよね。ねえ、どうして」

ミクが怪訝そうな表情でわたしに問い質す。

「それは……あなたに余計な心配を掛けたくなかったの。ほら、以前『元カレのこと、タツヤくんには内緒だよ』ってミク言ってたから……」

まったく理由にならない理由を答えながら、背中に汗が伝う。

「ふうん、まあいいや」

ミクも、そう言いながらも、すこしも「いいや」という顔をしていない。

「最近、ちょっとそっけないのタツヤくん。メールでも電話でもね。もしかしたら元カレのこと、薄々感づいてるのかもしれない。ねえ、彼にはなにも言ってないよね。黙っててくれてるよね」

「え、ええ」

「女同士の約束だもんね。そうだよね、さくら」

ミクがわたしを強く睨みつける。

「も、もちろんよミク。神様仏様に誓ってもいいわ」

それだけは本当だ。エラリー・クイーンに誓ってもいい。

「それに彼。最近なにかにつけて、さくらのことばっかり質問してくるし」

「そうなんだ」

「ほんっと、さくらは『そうなんだ』が口癖よね」

「そう、なのかな？」

「その『そう、なのかな？』もね。自分では『そうだ』とちゃーんとわかってて、あえて疑問符をつけて相手に投げ返す。美人特有の自意識の表れよね。まあいいけど」

図星を突かれたわたしは、ぐうの音も出ない。

「でもね。わたし、さくらのこと信じてるから。親友だと思っているから」

ミクはわたしの目をじっと見つめながら、そうつぶやいた。眉間に皺を寄せながら。

「ええ、わたしもよミク」

それも本当だ。

「ごめんねさくら、ちょっとひとりになりたいから。じゃあ、またあとでね。お仕事がんばってね」

ミクが、ひらひらと手を振り背を向ける。そのまま彼女は、この場を立ち去ろうとした。

「え、ええ。あ、ちょっと待って」

「なに？」

わたしの声に、背を向けたままでミクは答える。

「ねえミク。例の彼と、タツヤくんの恋に決着をつけにきたのよね。で、結論は出たの？自分の気持ちに整理はついたの？」

彼女の背中を追うように、矢継ぎ早に問い質すわたし。

「ねえ、どっちを選ぶの」

ミクが振り向き様に、わたしの鼻先にちいさな人差し指を立てる。それをタクトのように振りながら、ゆっくりとした口調でこう言った。

「それはね、さくらぁ」

ごくりと音を立てて生唾を飲み込むわたし。

「いくら相手があなたでも、そればっかりは、ナ・イ・ショ、だよっ」

◆

予定より随分遅れて、ロケ隊がようやく到着した。

わたしはチーフADの熊原に携帯電話でロビーに呼び出された。

「いやあ、悪かったねさくらちゃん。トラブルに巻き込んじゃって」

大柄の熊原がちいさく背中を丸めながら、両手を合わせてわたしを拝む。彼はそのままペコリと頭を下げた。てっぺんの寂しくなった頭髪には、白いものが目立ちはじめている。

「いえ。彼女、スピード魔なのでちょっと怖かったけど。いろいろと話もできて打ち解けられたので、結果的によかったです」

「そう言ってもらえると助かるよ。いやあ、さくらちゃんは本当にスタッフ思いのいい子だね」

優しくて大らかな人柄の熊原。まったく、極悪非道のゲスい誰かさんとは月とスッポンだ。やはり善人は、この業界では出世できないのだろうか。あの悪徳ディレクターが成功している世界だと考えると、なんだか芸能界のすべてが薄汚れて見えてくる。

熊原はさっそく、ホテルの経営者であるタツヤのお兄さんの元に、挨拶へと向かった。病欠の幸田の代理人として。

事前に承諾済みとはいえ、人気の露天風呂を夜十時から二時間も番組で貸し切らせてもらうのだ。現場責任者からのお詫びのひと言は、社会人としての常識だ。

まさか幸田は、この手続きが面倒くさくて仮病でも使ったのだろうか。だとしたら、まさに小学生レベルの言い訳だ。人として下劣にもほどがある。

熊原とお兄さんがロビーの隅で話をしている。わたしは遠目でその様子を観察している。

背の高い三十代半ばの男性。遠くからでもひと目で高級品とわかるダークグレーのスーツを着こなしている。

肩幅はガッチリと広く、背筋がピシッと伸びている。銀縁眼鏡を掛けていて顔はよく見えないが、理知的で精悍《せいかん》な印象だ。

いかにもな敏腕青年実業家のオーラを全身に漲《みなぎ》らせている。タツヤが言うように、まさに絵に描いたような貴公子《プリンス》。いや、若き帝王《キング》だ。

こんなスーパーマンに、常に目の上にいられたら、弟としてはたまったものではないだろう。何故タツヤが男性としてあれだけの好条件を兼ね備えながら、天狗にならない、いや、なれないのか。ひとりっ子のわたしではあるが、その気持ちはわかった気がする。

そして夕方。温泉バトルの直前ミーティングが、スタッフ宿泊用の大部屋の和室で行われた。

ミーティングの参加者はスタッフ数名とカメラマン二名と出演タレントだ。

それから番組上の仕掛け人である『田舎へ嫁GO！』でおなじみの、お笑い芸人・森田たかし。

わたしを含む数名のB級女性タレントは、例の浴衣の衣装を着て、既に臨戦態勢だ。

ある事情で、動揺しているわたしの心を除いては。

横で正座する梅原麗華をちらりと見る。その横には執事の守山がいる。やはり彼女は特別ゲスト枠のVIP待遇のようだ。当然、肌を晒すようなゲスなシーンはない。宴会の席の冒頭で、若女将としてちらっと挨拶をし、あとは別室のモニター・ブースから、仕掛人の森田と並んで優雅に高みの見物をする、それが彼女の役どころだとか。

彼女の衣装は、高級旅館のゴージャス若女将をイメージした梅色の晴れ着だ。ふつう旅館の女将は留袖などだと思うが、そこはテレビ映えを狙った大げさな演出だろう。

エレガントな洋装の印象が強い彼女だが、和装も尋常でなく似合いすぎている。

さすがは新進気鋭のトップモデルだ。女のわたしが見ても惚れ惚れするくらい。美しさを通り越して、神々しささえ感じる。

そういえば幸田の部下である吉野は今回スタッフとして参加しないのだろうか。幸田に背いて自分を助けようとした彼。謎めいた素顔や正体も含めて、密かにずっと気に掛かっているのだ。しかし彼の姿はそこにはなかった。

不在の幸田の代わりに熊原が現場を取り仕切る。

「えー、最後に幸田からプレイヤーであるみなさんに伝言です」

幸田の名前が挙がった途端、部屋中に緊張感が漲る。

「えー、コホン。『にゃんとも、この勝負は、パーティー・コンパニオンとしてキモいオヤジどもに、どれだけ子猫のように甘えてシッポを振れるか。それが本番での勝負の決め手となる、キモだけに。業界のお偉いさん方に媚《こび》を売る予行演習だと思って、気を抜かないようにでチュー♪』だそうです」

熊原によるドブネズミ男の物まね口調に、スタッフからどっと笑いが漏れる。

「では、われわれスタッフ一同も気を抜かないようにがんばりましょう」

一同が「はい」と大きな声を上げ、解散となった。

しかしわたしは、そのミーティングの間中、他のことを気にしていた。

なぜなら、実はさきほどわたしの携帯に、怪しげなフリーメールの怪文書が送られてきたのだ。

件名：桜子さんへ
送信者：fairlady_z_2012@xxxx.co.jp
【予告状】
よろしくてダイアナ。
わたくしは神出鬼没の恋泥棒。狙った獲物は逃さない。親愛なるダイアナ姫が二度とこの芸能界の地に這い上がれないように、このわたくしが地獄という名の奈落の底へ突き落として差し上げますわ。
～怪盗貴婦人Z

未登録アドレスだったので着信に気づくのも随分と遅れたが、この内容からして、送り主は梅原麗華に間違いないだろう。キャリアメールではなくウェブメールだ。おそらくパソコンから送信したのだ。かく言うわたしも、トラベルバックには愛用の小型ノートパソコンを忍ばせてある。

それにしても、なんという挑戦的な文面だろう。

さっきの車内では、すこし打ち解けた気がしたわたしたち。友情の兆しさえ感じていたのだが。

おそらくあれは、ライバルであるわたしを油断させるためのフェイクだったのだろう。いまも、シレッとした顔でミーティングに同席していたけれど、彼女はついに本性を表したのだ。まさに肉食野獣系女子《レディ・ビースト》だ。

〝怪盗貴婦人Z〟からの挑戦状。わたしはたしかに、それを受け取った。

タツヤくんのことは、わたしとミクとの問題。あなたに横入りなんて、絶対にさせやしない。

真の決戦の舞台は明日。そこですべての決着はつく。相手にとって不足はない。望むところだ。

◆

深夜午前零時。お色気バトルは閉幕した。

黒歴史、更新……。


深夜一時。ホテルのシングルルーム。

携帯を手に、わたしはベッドに横たわる。

さっき、わたしがくだらない仕事で黒歴史を更新している間に、タツヤくんから新しいメールが届いていたのだ。

わたしは、もう何度も読み返したそれをまた開いて、ぼんやりと眺めた。

件名：赤と黒
送信者：タツヤくん
お仕事お疲れ様です。
まさか君だけじゃなく、ミクちゃんも来ているなんて。本当に口から心臓が飛び出るかと思ったよ。
でも、ある意味この展開は僕たちを取り巻く状況に対して、一気に完全決着をつける絶好のチャンスかもしれない。

どうやら僕にとっても、君たちにとっても、明日が正念場になるだろう。

待ち合わせ時間は午前七時。場所は、別館グランドホテル二階のカラオケルームのブース。

早朝だから、まだ営業はしていない。おそらくここには誰も来ないはずだ。

そしてこのカラオケルームは、お客さんにわかりやすいよう、扉ごとに様々な配色を施してあるんだ。

その中に黒い扉と赤い扉の部屋がある。

僕は黒い扉の向こうで君が来るのを待っている。一方、赤い扉の部屋にはミクちゃんを呼び出してある。


もし、黒い部屋に君が来てくれたら。

僕は君に直接プロポーズの言葉を告げる。そのあと、ミクちゃんの待つ赤い部屋に単身向かい、彼女に別れの言葉を告げる。

反対に、もし赤い部屋を君が選ぶのであれば。

仲良くふたりで手を取り合って、そのまま黙って東京へと帰ってほしい。

ミクちゃんには後日、電話で別れを告げる。どちらにしても、もう僕には彼女とやり直すつもりはない。

僕との恋と新天地での生活を取るか、彼女との友情と芸能人としての未来を取るか。

どちらの扉を開けるかは、君自身に決めてほしい。

追伸：君を信じてます。

天使と悪魔が耳元で交互に囁く。

結婚して引退を取るか、このまま先の見えない仕事を選ぶのか。タツヤくんとの恋を取るか、ミクとの友情を取るか。

「生きるべきか死ぬべきか、それが問題だ」

シェイクスピアの『ハムレット』の有名な台詞が、わたしの頭の中をぐるぐると駆け巡る。苦しい。胃が、頭が、そして胸の奥がナイフを突き刺されたようにキリキリと痛む。

【僕の心の花を、どうか受け取ってください。さくらさん、よろしくお願いします】

わたしはどうすればいいの？

【本格ミステリの神に誓ってタツヤはサクラじゃない】

いったいなにが正しいの？

【今回のゲームには、君が想像している以上に、恐るべき陰謀が隠されている】

誰を、なにを信じればいいの？

【決戦は明日の夜。彼、直々のご指名ですわ】

　お願い、誰か。誰か助けて。


　深夜二時。まるで寝つけそうにないわたしは、撮影で疲れた体を引き摺りながら部屋を抜け出した。

　ひとけの絶えた一階ロビーに下りると、明かりも最低限に落とされ静まりかえっていた。その片隅のソファで、ひとり腰掛ける。両肘を腿の上に乗せ、両手で頬杖を突きながら。

【本当のことを言ってくれてありがとう。これからも友達だよ】

「わたしたち親友よね。ねえ、そうよね……ミク」

　そのとき、突如、正面のエレベーターから到着を告げる鐘の音が静寂の空間に鳴り響いた。

　扉が開く。背後から差し込む光と共に、誰かが扉の向こうから現れる。

「こんな時間に……誰？」

　ゆっくりと閉ざされる扉。同時に再び静寂が訪れる。足音がコツコツと鳴り響き、ひとりの人物がゆっくりと近づいて来る。そこに現れたのは――。

「ああっ、あなたは！」

　吉野だった。

「ど、どうしてあなたがここに？」

わたしは、思わず仰天してソファから立ち上がった。そして浴衣姿の吉野さんに歩み寄ろうとした。すると吉野さんは、それを拒むように、左手の掌をわたしの目の前に素早く差し出した。「待った」のポーズだ。

掌になにか書いてある。薄明かりの中、わたしは目をこらして、まじまじと彼の掌を見つめた。

『これは撮影だ。黙って演技を続けて』

……『お見合い番組』の後追い企画？　そんな話は聞いてない。

別に一般人が見ているわけではないし、生放送ではなく収録なのだから、撮影なら事前に伝えてくれればいいようなものを……。

不意打ちで幸田がわたしのアドリブ力を試している、ということか。まったく人が悪いディレクターだ。

うつむき加減で上目遣いにわたしを見る吉野の黒縁眼鏡が下にずり落ちている。長すぎた前髪もすこしカットされ、ずっと隠されてきたその素顔がいまは垣間見えている。

真剣な面持ちで、彼がまっすぐにわたしを見つめる。そこには、冴えないダメ男くんの仮面の下の本当の素顔があった。

凛々しい眉に長い睫毛、そして大きな鋭い二重瞼の眼。

嘘っ、嘘でしょ。この人、ムチャクチャ男前だ。

生唾を飲みながら呆然と立ちすくむわたしを前に、吉野さんは口ごもりながら演技をしはじめた。

「き、君のあとを、こ、こっそりつけて、ここまで来たんだ。ス、ストーカーじゃあないから、ストーカーじゃあないからね」

「う、うん。わかってる。わたしも会いたかったわ、よしおさん」

——どんな設定なんだ!?

訝りながらも、なんとか調子を合わせて、わたしも演技をする。

「こ、こ、こ、これ。う、受け取って」

吉野は、ずっと右手に持っていた一通の手紙を、わたしに差し出した。

「き、きみと、きみと、やり直したいんだ。本気で、本気で好きなんだ」

演技を続ける吉野。お芝居のセリフとわかっていながら、「本気で好き」という言葉に胸がとくんとなる。

「じゃ、じゃあ、ボクはこれで。続きは、て、手紙を読んでね。それじゃあ」

吉野さんはそう言い残すと、非常階段のサインが灯る方向へ足早に駆け出していった。

「あ、待って、よしおさん。行かないでっ」

追いかけようと、一歩踏み出した瞬間。

「はいカット！　いやあ、こんな夜中に驚かせてごめんね、さくらちゃん」

暗闇の向こうから、熊原がカメラマンと共にこちらに近づいてくる。

「突然のサプライズでびっくりしたでしょ。実は幸田ディレクターからの指示なんだ。せっかくだから『田舎へ嫁ＧＯ！』の後追い企画もここで一緒にやっちゃおうって」

やはり幸田のタチの悪い企画だったみたいだ。

「ほら、前回はさくらちゃんの部屋で、遠距離でうまくいってないってところまで撮らせてもらったじゃない。その続きで、思いあまったよしおが気持ちを込めた手紙を届けにやってくる……っていうサプライズだったんだ」

申し訳なさそうに眉を下げて半笑いになる熊原。

「事前に撮影だって言わないほうが、リアリティと緊迫感が出るって言われてさ。ホントごめんね、悪く思わないでね」

そう言いながら熊原は、わたしに向かって掌を擦り合わせた。

「は、はい。いいですよ、気にしてませんから」

「いやあ、でも本当はよしおがスタッフと一緒に部屋を訪ねる設定だったんだけど、君がちょうど出てくるところで、慌てて展開を練り直したんだ。こっちも物陰から撮影して、二人だけのシーンにしようってね。おかげでドキュメントっぽさが増して結果オーライ」

「じゃあ、この手紙は？」

「ああ、それも小道具だから、多分白紙なんじゃないかな。でも、なかなかの演技だったよ。アドリブもバッチリいけるじゃん。うん、いい画《え》が撮れた。きっと幸田さんも喜ぶぞ」

お決まりの台詞を残して、彼らはロビーから立ち去って行く。

その後ろ姿を見届けると、わたしは足早にトイレへと駆け込んだ。

急いで手紙を開封する。


［桜子さんへ。

zxyasfkjl235963@xxxx.ne.jp
このアドレスにさっきの告白の返事を早急にメールしてほしい。本文中に俺の名前と君の名前を必ず添えることを忘れずに。

そしてメールの返信を待ってほしい。すべての結論を出すのは、それからにしてほしい。

お願いだ。今の俺には、それ以上のことは言えない。健闘を祈る。　Ｙより　］

やっぱり秘密のメッセージがあった。前回のお見合い番組のときと同じく達筆な文字。

そしてあのときと同じく、この撮影にもなにか隠されている。それを伝えるために、また彼は危険な橋を渡ってくれたのだ。

吉野とはメアド交換をしていなかった。わたしはそのメアドを吉野の名前で携帯に登録しながら考えていた。

結論を出す、というのはどういう意味だろう？　まさか、タツヤとのことを知っているわけもないし。

わけがわからない。でも吉野さんのことだから、私になにか真相を伝えるための手立てなのかもしれない……。

わたしは疑心暗鬼ながらも、手紙の指示に従いメールに告白の返事を装った文面のメッセージを書いて送信する。

件名：桜子です
宛先：吉野さん
吉野さんへ。
ラブレターありがとうございます。素直に嬉しいです。
でも、いろいろなことがありすぎて……今はあなたのことまで頭が回らないというのが正直な気持ちです。もうしばらく時間をください。
ごめんなさい。桜子より

メールを送信したわたしは、そのままトイレを出て部屋へと戻った。

タツヤとの約束は明朝七時。再会に備えて早く寝なければとベッドに潜るが、どうにも頭が冴えて眠れない。

わたしは備え付けの冷蔵庫からビールを取り出し、一気にあおった。

赤い部屋と黒い部屋、どちらへ行くのかを明日までに決めなくてはならない。

なのに、今になって突如現れた吉野の不可解なメッセージも、内心気になってしょうがない。

わたしはどうしたらいいの。

タツヤくん……吉野さん……ミク……。


翌朝六時。

昨夜は結局、一睡もできなかった。

晩夏の朝日がカーテン越しに、容赦なくわたしの頬を突き刺す。ビールの空き缶が、テーブルの上を埋め尽くしている。

決戦の一時間前になって、ようやく吉野さんから返信が届いた。わたしはすぐに、その内容を確認した。

「こ、これは」

そこには信じられない文面が記されていた。

「まさか、まさか、そんなことが——」

不可解に散らばっていた無数のパズルピースが、パチパチと音を立てて急速に繋がっていく。

「あーっ、そうかあっ！」

すべての謎が氷解した。

第四章
女神の審判

【愛情には一つの法則しかない。それは愛する人を幸福にすることだ】byスタンダール

◆

午前七時。

「花湯グランドホテル」二階のカラオケルーム。計八部屋あるそこは、それぞれ別のカラフルな配色の扉が並んでいる。

隣り合う、赤い扉と黒い扉。わたしは今、その内のひとつの扉の前に立っている。

この扉を開ければ、わたしは確実に大切な人を失う。けれど、わたしはどうしても、この中で待つ人に「ある言葉」を告げなければならなかった。

それが、その言葉を告げることが……悪魔に魂を売り渡したわたしの、その人へのせめてもの贖罪《しょくざい》の証なのだから。

——ドクン。

足が震える。

——ドクン。

鼓動が高鳴る。

——ドクン。

冷や汗がだらだらと、わたしの背中を流れ落ちる。

生唾を飲み込みながら、震える右手で冷たく鈍色に光るドアノブを握る。

そっと瞳を閉じて、ゆっくりと深呼吸する。

向こうで待つ「大切な人」の姿を思い浮かべながら、左手の拳を強く握り締める。

そしてわたしは、運命の扉を開いた。


「あれ、どうして……どうしてさくらがここに？」

中ではミクが、わたしの親友が、きょとんとした顔をして、カーマイン・レッドのソファに腰掛けていた。白いノースリーブのワンピースに厚化粧、まさに臨戦態勢の出で立ちだ。

「ミク」

そう、わたしは赤色の扉を開けたのだ。

戸惑いの表情のミクに微笑みだけで返事をしたわたしに、ミクが立ち上がって近づいて来た。

「わたし、タツヤくんとここで待ち合わせしてるんだけど……どうしてあなたが」

「ミク、お願い。わたしの……わたしの話を聞いてくれる？」

例のお見合いイベントの帰りのバスの中と同じように、わたしは彼女にすべての罪を告白した。

突然タツヤからメールをもらったこと。その後、ミクに内緒で彼とメールのやり取りをしていたこと。タツヤがミクの元カレのことを既に勘付いていたこと。タツヤからメールでプロポーズをされたこと。そんな内容を、洗いざらい暴露した。

けれど、梅原麗華とタツヤの約束や、トオルの正体については黙っていた。タツヤが、どのみちミクとは別れるつもりだということも。

「ごめんなさい、今まで黙ってて。でも、わたし……」

言葉を詰まらせるわたし。

「さくら……」

肩を震わせながら、感情を込めて彼女の瞳の奥を見つめる。体が火照って、熱い。

「わたし、やっぱりミクのことを裏切れない」

視界がにじむ。ひと筋の涙が、わたしの頬を伝う。

「だってあなたは、あなたはわたしの大切な」

うつむいたまま、すこし目線をあげるミク。

「ミクはわたしの、大切な親友だから」

最後まで黙って聞いていたミクは、そうやって懺悔しながら震えるわたしの肩を、両手でそっと抱き寄せた。

「ありがとう、さくら。本当のことを言ってくれてありがとう。やっぱりさくらは親友だよ。本当にありがとう、さくらぁ……」

涙で顔をくしゃくしゃにしたミクは、そう言いながらわたしの首筋にノースリーブの白い両手を回して背伸びをしながら抱きついた。

どれくらいそうしていただろう。

わたしにずっと抱きついて、しゃくりあげているミクの肩を両手で優しく摑み、わたしはそのままゆっくりと引き離した。

「……さく、ら？」

そして彼女の濡れた瞳をじっと見つめながら、わたしはミクの耳元に自分の唇を近づけ、かすれた声でちいさく囁いた。

「はい、カット」

「え、どういうこと、さくら？」

ミクがきょとんとした顔をして瞬きをする。

「はい、カット」

わたしは大きな声で言い直した。カラオケボックスの天井付近に備え付けの、防犯カメラに視線を移しながら。

「これで茶番劇はもうおしまい。ＴＶの尺的にはさっきので充分ですよね。そこから見ているのはわかってるんですよ。出てきてください、幸田ディレクター」

「どうしたの、さくら？」

「幸田ディレクター、出てきてください」

「ねえ、さくら？」

狼狽するミク。状況がまるで飲み込めていない模様だ。

「出てきてください、幸田さんっ」

監視カメラを指差しながら、強く睨みつけるわたし。

「出てきなさいよっ、この悪魔っ！」

その直後。入室前にマナーモードを解除しておいたわたしの携帯が、メール着信音をカラオケボックス内に響かせた。

送信者：幸田Ｄ
姫へ。カーマイン・レッドの密室で待ってる。
※覚えているかい？　以前、お見合い番組の打ち合わせの直前に送った文面だ。この言葉の真の意味を、今こそ証明しよう。～愛のコーダより

同時に、赤い扉が開く。


「クックックックックックッ」

扉の向こうから、不敵な笑みを浮かべながら。

「神が存在しないならば、私が神である」

お得意の知ったかぶりの名言・格言を引っさげて。

「バーイ、ドストエフスキー『悪霊』」

あの悪霊メフィストが、ゆっくりとわたしたちに歩み寄ってくる。

「『悪霊』読了、なんでもござれ」

お得意の公害レベルのオヤジギャグを引っさげて。

そう、番組ディレクター兼放送作家、そしてすべての黒幕である幸田だ。

呼びかければなんらかのリアクションがあるだろうと、マナーモードを解除しておいたのだが、メールだけでは飽き足らず自ら登場するあたりは、さすがとしか言いようがない。

今日も白いロンTにチャイナ・オレンジのカーディガンのプロデューサー巻き。相も変らぬ業界ルックの、下水道——いや下種《ゲス》い道《どう》の悪魔である。

彼は大げさに両手を広げて会釈をしながら、人を食ったような芝居掛かった口調でこう言った。

「クックックッ、いやあ、お久しぶりです名探偵さくらちゃん」

「え、どういうこと？　いったいどういうことなの？」

ミクが我を忘れてあたふたする。

「おつかれータイカレー。我が名は神出鬼没の怪盗紳士。大変タイ編、長らくお待たせ只今参上！」

わたしは眼前の悪魔を強く睨みつけた。

「おーや、これはこれは麗しくも親愛なるチェリー姫。そのふてくされた顔がたまんなくきゃわうぃーねー。いやはや、なかなかの名演だったよ。さすがは未来の大女優さんだね」

「やはり食中毒っていうのはまっ赤な嘘で、そうやって今までずっと、わたしを監視していたんですね」

「おっと、見くびってもらっちゃあ困るなあ。曲がりなりにも俺サマは、このゲームの創世者である神だぜ」

そう言い放つと、幸田は右手の人差し指をピタリとわたしに向けた。

「神の視点が虚偽の発言をしてはいけないのは、本格ミステリの大原則。以前の打ち上げで、あんなにもしっぽり深くミステリ談義を交わした仲でしょ、俺たちは」

「それじゃあ」

「そう、昨日までホントにオナカピーピーのゲロゲロピーだったのさ」

大袈裟に腹部を抱える幸田。

「昨夜、モサメン吉野にレンタカーで高速かっ飛ばさせて、ようやく夜中に辿りついたってワケ。おかげで君たちの色っぽい浴衣姿を見逃して」

悪魔が心底、残念そうな顔をする。

「クーッ、ハッター・ヨークのコーちゃんってば残念、斬りっ！　ワイの悲劇とはまさにこのことじゃー」

またもやマニアックすぎて伝わらないオヤジギャグ。しかも、今度はO県の方言である一人称《ワイ》も織り交ぜながら、ときた。

まさに幸田ワールド全開だ。隣でミクがあんぐりと口を開けている。

しかしなにが「虚偽の発言はしない」だ、この三文ペテン師が。

「だったら、吉野さんのことをモサメンって言っていたのは、どこのどなたでしたっけ」

「おや、もしかして吉野の素顔見えちゃったのぉ」

残念そうに口を歪める幸田。

「むふふのふ、俺はヤツのことを『モサメン』とは言ったけど、『ブサメン』とはヒトコトも言ってないんダネイ～♪」

そう来るか。

「まったくアイツは素顔は結構な男前のくせに、身なりにはまるで無頓着。おまけに性格は無口で無愛想ときたもんだ。ほんとスタッフで一番イケてないモサーい男なんだよね」

そうなのか。

「だけど、やたらと頭だけは切れる。そのうえヤツには密かに才能がある。あと数年もすれば、きっと極めて優秀なクリエイターに変貌するだろう」

吉野さんってそんなに優秀だったんだ。

「だから俺はヤツを見込んで、付き人として可愛がってやってるのさ」

付き人って……あんたは芸能人か政治家か？

どうせ将来の恐るべきライバルである彼に、今からしっかり主従関係を植えつけておこうというセコい魂胆だろう。

「さてと。前置きはこのくらいにして、そろそろ本題に入ろうか名探偵。……実はこれは『田舎へ嫁GO！』の秋バージョンのゴールデン特番『女神の審判』というスペシャル企画の撮影でね」

「ゲームはまだ終わっていなかった。やはり、すべてはあなたの描いたTV用のシナリオだった……というわけですね」

「そーゆーことでございマス・コミュニケーション」

「今回のターゲットはわたし。そのわたしに対して、親友の彼氏であるタツヤくんを泥棒猫のように略奪するか否か、罠を仕掛けて追跡する」

腕組みをしながら聞いている幸田は「続けて、名探偵」と促す。

「そして最後は、赤か黒かの魔女裁判」

「ふむ」

「すなわち善と悪とを裁く運命のクビ飛ばし、つまりはエジプト十字架にわたしを磔にした挙句」

「ふむふむ」

「白日の下、公衆の面前に吊るし上げる」

「ふむふむ、ふむふむ」

「そんな世にも下世話なドッキリ特番なんですよね」

「ふむふむふむふむ、踏み絵をふむふむ」

ダジャレでお茶を濁す下水道のドブネズミを無視して、わたしは続けた。

「シリーズ第一弾『水着バトル』も、第二弾『チェリーゲーム』も、第三弾『温泉バトル』も。すべてはこの最後の事件となる『女神の審判』の壮大なトリックに集約させるための、単なる捨て駒に過ぎない」

「ご明察」

わざとらしい拍手をする幸田。

「すべてが繋がって悲劇四部作の完結と言いたいんですよね、ドルリー幸田さん」

ドルリー・レーン。クイーン悲劇四部作の主人公だ。

「ワオ、そこまでお見通しとは。さすがは名探偵のペーシェンス嬢。コーちゃん感激ぃ！」

わたしを『Zの悲劇』の女探偵に見立てて、幸田はもみ手をしながらへつらった。

「いやあ、完敗です名探偵」

真犯人は上から目線でニヤリと笑みを浮かべた。

「だから最初から言ってたでしょ。『今回、俺の想定するヒロインは君だ』ってね」

憮然とするわたし。そんなおべんちゃらなど聞きたくない。

「ところで、さくらちゃん『地獄変の屏風』ってわかるかい？」

「芥川龍之介《あくたがわりゅうのすけ》の小説ですよね」

わたしは即答した。女子高生時代に図書室にこもっていた黒歴史をなめてもらっては困る。

「愛する実の娘が牛車に閉じ込められ、纏わせた豪華《ごうか》な衣装とともに業火《ごうか》で焼け焦がされていく、その凄絶な光景を屏風に描いたという絵師の話」

「よく知ってるね。さすがは名探偵」

「高視聴率を取るためには、本当に美しい映像シーンを描くためには、ヒロインを焼き焦がす地獄の業火が必要不可欠って言いたいんですよね」

「そう、豪華《ゴーカ》な業火《ゴーカ》がね」

うるさい黙れ、このゲス男。

「よくわかってるじゃあーりま温泉か、博識なる読書家名探偵のチェリー姫」

「あんまりお利口さん過ぎて可愛げがなさすぎても、いいお嫁さんになれませぬぞ。知ったかぶりもほどほどにねん」

「…………」

「幸田さんには言われたくありません」

「フフッ、それに言ったはずだよね『この勝負　負けたら全裸で　罰ゲーム』って。あれは豪華な業火で可愛いお人形さんの仮面を焼き尽くして、すなわち心を丸裸にして、視聴者にさらけ出してもらうって意味なのさ」

「……それも神は虚偽の発言はしないってやつですか」

「イエス。ちなみに昨夜の温泉企画の梅ちゃんは、番組を盛り上げるための単なるサクラ。

いわゆる友情出演ってヤツさ」

なんてゴージャスなサクラだ。完全に主役を喰っている。でもそれじゃあ、彼女とタツヤくんの峠のデートの約束は……？　いったいどういうことなのだろう？

「そして君は、女たらしの不実な黒い誘惑に見事打ち勝ち、『赤色の扉』すなわち親友との絆を選び、女優としての未来の扉を開けた。嗚呼、なんという感動的なハッピー・エンディングだ」

「そうですか」

「君ならきっと赤い扉を選ぶ、俺はそう強く信じてたよ。そして君は見事にその期待に応えてくれた。実はね、もし黒い扉を選んでたら、特番のタイトルは『女神の審判』ではなく『恋泥棒の魔女裁判』にしようと思っていたんだ」

「そうですか」

「これはすばらしいシンデレラ・ストーリーができあがるぞぉ。さあ、ニュー・ヒロインの誕生だ。今から特番の編集作業がチョー楽しみだ」

「そうですか、わかりました」

わたしは、ポケットから携帯電話を取り出す。

「じゃあ、わたしは不実な恋よりも仕事と友情を選んだことを、黒い扉の向こうで待ってるタツヤくんに報告しますね」

「ちょ、ちょっと待ちなよ、さくらちゃん」

幸田は急に焦りはじめた。メールを打つ手を慌てて遮ろうとする。

「なんでですか」

わたしは幸田を冷めた目で見た。

「も、もういいじゃないか。不実なタツヤなんて、ほっときなよ。そんな追い討ちを掛けるようなことをわざわざしなくても……」

制止する幸田を無視して、わたしはメールを送信した。

「あっ、ちょっと、待って、さくらちゃんっ！」

その直後、幸田の胸元から携帯の着信音が響き渡った。

「携帯鳴りましたよ。確認しなくていいんですか、幸田さん？」

「ま、まあ。お取り込み中だしぃ」

醒めた目で見つめるわたしに、幸田があたふたと狼狽する。

「遠慮しないで見ればいいじゃないですか。大事な彼女さんからのメールかもしれないですよ。きっとそうですよ。見てくださいよ、ねえ幸田のタツヤくん？」

「ありゃりゃりゃりゃ、やっぱりバレちゃってましたか名探偵」

幸田は大げさに舌を出した。

「ええ、ここを見破らないことには、今回の結論には到底辿り着けませんから」

わたしは言葉を続けた。

「黒い扉の向こうで待つのは、おそらく前夜の温泉バトルの番組上の司会者兼仕掛け人の森田さんってところでしょ。彼が『残念！　バッド・エンド』のプラカートを抱えて、舌なめずりしながら待ちわびているんでしょうね」

「おっしゃるとおりでございマシュー・カスバート」

「つまりタツヤくんは、はじめからこの『女神の審判』には一切関与していなかった。『本格ミステリの神に誓ってタツヤはサクラじゃない。俺は一切、ヤツにはなにも仕込んでない』でしたっけ？」

「そうでございまする」

「なるほど、たしかに嘘偽りなくそのとおりでしたね。そう、本物のタツヤくんに関しては」

「脱帽ですぅ名探偵。つうか、なんでわかったの。メールのタツヤが偽者だってことを」

「句点です」

「句点って？　どういうこと、さくら」

茫然自失の状態だったミクが、ようやく言葉を発した。

「そう、句点。『田舎へ嫁GO！』の中でわたしは確かに、タツヤくん本人と直接メアドの交換をした。その場で空メールで登録の確認もした。そのときの彼からのメールの件名の文末には、『タツヤです。』と句点があった」

「そういえば」

ミクが頷く。

「でもチェリーゲームから三ヶ月後に送られてきた二回目のメールには『大事な話があります』と句点がなかった。そしてそれ以降のメールも、すべて句点がない」

「ふむふむ」とミク。

「こういったメールの文章の癖って、往々にして無意識のうちに出てしまうもの。だからわたしはメールのタツヤくんは、もしかしたら別人ではないかと疑いはじめたの」

ミクが「なるほど」と相槌を打つ。

「ちなみに幸田さんは、いつもメールの件名には句点を付けませんよね」

「そう、なのかな？」

幸田は白々しくわたしの口癖の真似をした。中年オヤジがくねくねと科をつくる。キモい。こんなところまで公害レベルだ。

「そしてもうひとつ、偽のタツヤくんである真犯人は、ある致命的なミスを犯しました」

「致命的なミスって？」

素早くミクが口を挟んだ。

「わたしはミクの前で幸田さんの実名を一度も出したことはなかった。今まで『極悪非道のディレクター』とか、『三文ペテン師』とか、『下水道のドブネズミ』という呼び方などで幸田さんのことをミクに愚痴っていたから」

「えー、そんなひどい言い方でディスってたのぉ。ひっどーい。コーちゃんショックぅ」

「ミクへ謝罪したときはすべて自分のことだけを伝えて、わたしは梅原麗華やトオルなど自分以外の芸能関係者の名前は一切口にしていない。なのにタツヤくんのメールには『悪いのはすべて幸田というディレクター』『ミクちゃんもメールにそう書いていました』と記されていた」

「うんうん」とミク。

「では何故、ミクが知らないはずの幸田さんの名前を、タツヤくんは知っていたのか？　その事実こそが、真犯人の犯した致命的なミスであり、そのメールが紛うことなき決定的な物的証拠です」

「すっごーい。さくらってドラマの名探偵みたい。じゃあ、本当のタツヤくんは……」

「そう、すくなくとも自分の彼女の親友に手を出すような、優柔不断な女たらしではなかったってことね」

「そうなんだ！　よかったぁ。タツヤくんがそんな人じゃなくって本当によかった」

ミクの顔にパッと花が咲いた。

「うぬぬ、そんな些細な手掛かりから、この鉄壁のトリックを見破るとは。敵ながら本当に天晴れな観察力と洞察力だ。嗚呼、完敗です名探偵。クテンっ！」

句点でクテン。キモいにもほどがある駄洒落混じりに、幸田は芝居掛かった大げさな身振りでうな垂れた。

――すべて嘘だった。

わたしは別に名探偵なんかではない。そんな観察力や洞察力なんて、微塵も持ち合わせていやしない。

そう、すべては吉野のおかげだ。昨夜の彼からのメールが、わたしにこのトリックを見破る術《すべ》を教えてくれたのだ。絶対的権力者である上司の幸田に背くことは、この業界において死を意味する。それなのに吉野は、邪悪な魔の手から救ってくれた。地獄の底に堕ちたわたしに、命懸けで救いの手を差し伸べてくれた……。

だから今度はわたしが彼を守る番だ。口が裂けても吉野さんのことは言わない。恥を忍んで、安っぽい三文探偵の役を演じることくらい、お安いご用だ。

さっき届いた返信の内容はこうだった。


件名：お久しぶりです。

送信者：吉野さん
さくらさん、お元気ですか？『田舎へ嫁ＧＯ！』の収録以来ですね。僕のメアド、まだ消去せずにいてくれてたんだね。

突然ですが、吉野さんって人のメールアドレスと僕のアドレスを間違えて登録してませんか？

あんな大切なメール、間違えて送信しちゃあ駄目だよ。読まなかったことにするから、安心してください。

タツヤより

つまり、吉野に指定された見慣れないアドレスに送ったはずのメールの返信が、何故だかタツヤから届いたのだ。

おかしいと思い、アドレス帳を確認した。

すると驚いたことに、わたしがもともと登録してあったタツヤのメアドと、今、タツヤから送られてきたメアドが、異なっているという奇妙な現象に気づいたのだ。

つまり、今までわたしがタツヤだと思ってメールしていた相手は、まったくの別人だったということ。句点や幸田の名前の矛盾に気がついたのは、そのあとのことにすぎない。

そこから辿り着く結論——すなわち真実はひとつ。

「で、ここからはビジネスの話なんだけど、よろしいですかな名探偵」

思考を巡らせているわたしに、幸田が急に真顔でそう言った。

「なんですか」

わたしは彼に視線を向ける。

「君と偽のタツヤとの密談メール。そのすべてがこの俺のサブ携帯にがっつり蓄積されているって事実は、言わなくてももうわかってるよね」

「ええ」

「そしてこのやり取りが、視聴者の下世話な野次馬根性を絶妙にくすぐるのもわかるよね」

「たしかに」

「このメールは君のプライベートな個人情報だ。だから、もちろん拒否してくれてもかまわないが……」

「…………」

「この内容をＴＶで公表するか否かで、視聴率《すうじ》にどれだけ影響するか。聡明な君のことだから当然わかっているはずだよね」

わたしは眉を曇らせた。

「本物のタツヤくんには迷惑が掛からないんですか？」

「もちろんだとも。ちゃんとメールのタツヤは偽者だって番組中で公表するから。そして偽者の正体は、番組の仕掛け人である、司会の森田ということに編集させてもらうから」

「ご自由にどうぞ」

「フフッ、物分かりがいいね。さすがは未来の大女優さんだ。じゃあ、悪いようにはしないから」

「ひとつ条件があります」

「どうぞ」

幸田が手を差し出す。

「その代わりに」

「なんだい？」

「ミクとふたりにさせてください」

幸田はわたしをまじまじと見つめた。いつになく真剣な表情だ。

わたしも幸田の目を真剣に見つめ返す。その横でミクが、不安そうな顔を浮かべている。

「そうか。このトリックを見破ったということは、イコールすべての真相にも辿りついている……というワケだね。そうか、わかった」

幸田は珍しく真面目な口調でそう言うと、隅に置かれていたマイクスタンドを持ち上げて使い、天井付近の防犯カメラを明後日の方角へ向けた。カラオケ機材の陰に隠してあった盗聴マイクをコンセントから抜く。

「じゃあとの話は、若い娘さん同士で。邪魔者オヤジはここらで退散するよ。では、ごきげんよう名探偵」

そう言うと幸田はわたしたちに背を向け、ひらひらと右手を振った。彼の薬指のスカルリングが鈍色の光と共に別れを告げた。

悪霊は退散した。

カーマイン・レッドの密室に静寂が訪れる。こうして、わたしとミクは赤い扉の部屋にふたりきりになった。

「ミク。大事な話があるの。聞いてくれるよね？」

返事がない。ミクはさっきから、能面のようにまるで摑めない表情で、じっとうつむいている。わたしはそのまま、彼女の返事を待たずに話を続けた。

「今回の事件の真犯人が幸田ディレクターというのは、さっきの話で証明された。けど、このトリックを実現させるには、共犯者の存在が必要不可欠よね？」

「…………」

「タツヤくんとは本人の目の前で直接メアド交換をして、確認もしている。だから後日、何者かによってアドレス帳のメアドを勝手に書き換えられたとしか考えられない」

「なるほど、ね」

ミクは、ようやく重い口を開いた。

「わたしは携帯を肌身離さずいつも持ち歩いてる。そうでないのは自宅にいるときくらい。わたしの携帯に触れるチャンスがあったのは、わたしの家へ出入りしていたあなただけ」

「撮影に来たスタッフさんは？」

間髪容れずに言い返すミク。

「収録のときは、この手にずっと握っていたわ。携帯片手にため息をつく画《え》がほしいってしきりに言われたし」

「たしかに、そうだったかもね」

「だから共犯者は、あなた以外にありえない。そうよね？」

「……！」

「幸田さんと裏で繋がっていたのは、タツヤくんではなく、あなたのほうだった」

「そう……なのかな？」

ミクはぽそりとわたしの口癖の真似をした。ちゃんと「そうだ」とわかっていながら、あえて疑問符をつけて相手に返す、わたしの癖。

「ねえ、そうよね、クミ」

「……わたしはミクよ。なに言ってるのよ、さくら」

厚化粧の彼女がちいさな顔を歪める。

「もう、すべてわかってしまったのミク。いえ、クミ……桃瀬久美さん」

彼女の顔がさっと青ざめる。仮面がひび割れていく。

「わたしは人の顔を覚えるのは苦手だけど、人の名前を覚えるのは得意なの。過去の共演者の名前を思い出しながら、持参した小型ノートパソコンで画像検索してみたわ」

わたしは一心不乱にまくし立てた。

「そしたらすぐに、ミクによく似た色白で小柄な女性のグラビア画像がヒットしたの。髪が長くて細身のね。それが桃瀬久美さん、あなたよ。その厚化粧は勝負メイクではなく、顔の雰囲気を変えるための変装用メイクだったのね」

【梅ちゃんと桃ちゃんと桜ちゃんで、ユニット名は『ウメ・モモ・サクラ』なんてどぉ？】

いつぞやの幸田の声がよみがえる。

「腰まであったロングヘアをばっさりショートボブにカット。グラビアタレントとしては痛々しいほどにスリムだった体型も、ぽっちゃりに変えた。いつもなにかを食べていたのは、単に食いしん坊なんだと思っていたけど、見た目の印象を変えるための役づくりだったということね」

「クックックックッ」

不敵な笑みを浮かべた彼女。

「あーあ、とうとうバーレちゃったぁ」

その声音も口調も、わたしの知っているものではない。

【彼女には君とは異なる必勝法、すなわち「切り札」を授けてある。彼女に託したカード。その内容は、ここでは言えない】

今ならわかる。幸田は「チェリーゲーム」の伝達文で、「梅ちゃん」という呼び方と「彼女」という呼び方を、巧妙に使い分けていた。わたしはそれがすべて梅原麗華を指すものだと思い込んでいた。

その幸田が「彼女《ミク》」に託した必勝法。それはおそらく、数ある秘策の中でも群を抜く最強の切り札《カード》。

「ラスト・サプライズは、特番が放映されてからのお楽しみに取っておくつもりだったけど。バレてしまっちゃあしょうがないわね」

それは。

「そう、わたしの正体は、〝桜〟と〝梅〟に続くチェリーゲーム第三のプレイヤー、桃瀬久美」

それは変装名人の。

「そしてまたの名を、狙った獲物《オトコ》は逃さない――」

変装名人の大泥棒「Lupin《ルパン》」のカード。

「恋泥棒、怪盗貴婦人《フェアレディ》Z」

仮面が剝がれた。

「そう。わたしの正体はコードネームZこと魅惑の恋泥棒、怪盗貴婦人《フェアレディ》Z。うふふ、なかなか素敵な呼び名でしょ。もちろんコーちゃんのネーミングよ」

仮面の下の彼女が微笑む。

「このゲームの真のジョーカーはあなただったのね」

「クックックッ。そういうことでございマスカラ塗りすぎでごめんなさーい♪」

彼女が芝居がかった口調でおどける。まるで悪霊《メフィスト》幸田が乗り移ったみたいに。

「ねえ。そういえば、皆でトランプしているときにあなたこう言っていたわよね。『あっ、ジジぬきね。最後までジョーカーが誰にもわからないやつ』って」

「え、ええ」

わたしは答えた。

「あのとき、わたしお腹の中で大爆笑してたのよ。まっさか自分のパートナーがジョーカーだなんて。あなた夢にも思わなかったでしょうね。クックックッ」

不敵な笑みを浮かべる彼女。

「ねえ、よろしくて」

今度は梅原麗華の口調を真似て、彼女がわたしに問いかける。

「親友からのラスト・サプライズは気に入ってくれたかしら。ねえ、親友の彼氏に色目を使う泥棒猫さん」

言葉が出ない。

「なんとか言いなさいよ、チェリーゲームの敗者さん。そんだけ綺麗な顔をして、ウブな田舎青年ひとりモノにできなかった『使えない娘』さん」

ようやくわたしは重い口を開き、推論を展開した。

「チェリーゲーム第三のプレイヤー桃瀬久美さん。あなたは、最強の切り札『Lupin』のカードを巧みに活用し……いいえ、ちがうわね。カードそのものとして、ゲームの神である幸田ディレクターの指令どおり従順に動いた。そして、わたしや梅原さんと正々堂々戦い、見事ゲームの覇者として勝利の栄冠を摑んだ……」

「ハッ、詰めが甘いわね、美人の名探偵さん」

呆れ顔の彼女。

「最初からわたしが勝利するのは、仕組まれたシナリオだったのよ」

背の低い彼女は、わたしを見上げながら上から目線で言い放った。

「だいたい、あなたたちみたいな美人と正々堂々と戦って、わたしが勝てるわけがないじゃない。だからコーちゃんはハンデとして『ターゲットを振り向かせるためなら、どんな卑劣な手段を使ってもかまわない』って言ってくれた」

人差し指をタクトのように振り回す。彼女のよくやる癖だ。

「だからわたし、ちょっとインチキしちゃったの」

「インチキって？」

「わたしねえ、実はあなたがトランプを抜け出している最中に、こっそりとこれをタツヤくんに見せちゃったの」

彼女は白いワンピースのポケットから、ピーチカラーの携帯電話を取り出した。口元にはニヤニヤと含み笑いを浮かべている。

「これよ」

画像を表示させ、わたしの鼻先に突き出した。

「なっ……」

わたしは、思わず絶句した。

そこにはこのシリーズの最初の番組、すなわちわたしがビキニ姿で「悶絶水中バトル」を繰り広げたときの、世にもおぞましいＴＶキャプチャー画像が表示されていた。

「そう、あなたが番組を盛り上げるためにタレント事務所から派遣された芸能ザクラだってことをタツヤくんにチクっちゃったの。もちろん、レイカが番組の仕込みだってこともね。いくら第一印象がよくっても、いくら趣味の話で盛り上がったとしても、これじゃあ、田舎の純情青年のお嫁さん候補としては『ごめんなさい』だわねぇ」

「そう……だったの……」

「だから消去法でわたしが選ばれたのよ」

「…………」

「これでわかったでしょ。わたしはそういうアンフェアな、ゲスいオンナなのよ」

「幸田さんの最終目的は、わたしをこの『女神の審判』の十字架に磔にして公衆の面前に吊るし上げること……」

「そうよ」

「そのためには、まずあなたが『チェリーゲーム』で勝利し、『親友とその彼氏とわたしの三角関係』という図式を構築すること」

「イエス」

「それがシナリオ継続の必須条件だったのね」

「そういうこと」

「そのあなたが、そこまでして手に入れたかった、ハッピー・エンディングのシナリオって——」

「さあ、なんだと思う名探偵？」

幸田の口調を真似る彼女。

わたしはしばらく考えたあと、「あっ」と口を開いた。

【わたしは夏木未来。みらいと書いてミク、よろしくっ】

「まさか、演技派女優としての――素敵な未来？」

「そう、そのまさか。『女神の審判』のもうひとりの女仕掛け人『極悪非道のモモクミ』として、この番組をきっかけに全国ネットのゴールデン枠で、わたしは演技派女優デビューするの。つまりはあなたの引き立て役として、ちょっくら便乗させてもらったってワケ」

「そう……」

言葉がうまく続かないわたしに「うふふ、素敵でしょ」と笑顔で答える厚化粧の彼女。

ショートボブでぽっちゃり体型のミクは、ロングヘアでスリムだった桃瀬久美の外見とはまったく異なる。まるで別人だ。

無邪気でお人よしだった、わたしの知っているミクだったはずなのに、今は中身がまったくの別人である。彼女はいったい、幾つの顔を持っているのか。どれが真実の彼女の姿なのか？

「タツヤくんは……あなたの彼氏は、あなたが本当は芸能人だって知っているの？　そのことについて、あなたのお仕事について、どう言及しているの」

今度は、わたしが問い質す。

「そもそも高級老舗旅館の女将さんとしての未来は、いったいどうするつもりなの？」

「さあ」

シレッと返す彼女。その投げやりな口調に、わたしも思わず食ってかかる。

「さあ、ってなによ。あなたの人生じゃないの。あなたの、そしてタツヤくんの、ふたりの大切な未来が懸かっているのよ」

「しーらない」

まるで他人事のように、彼女は言葉を吐き捨てた。

「だってわたし、タツヤくんに連絡なんて一切していないもの」

「えっ、どういうこと⁉」

わたしはあらん限りに眼《まなこ》を見開いた。

「だいたいなんでこのわたしが、演技派女優としての華やかな未来を棒に振って、こんなコンビニもまともにない地味ーなド田舎に嫁がなきゃあいけないのよ」

「それって、もしかして」

「そう、彼からはとっくにフェイドアウトさせてもらってるわ。『遠距離恋愛がうまくいかないのクスン』なんて全部嘘に決まってるじゃない」

「な……」

言葉が続かない。

「わたしは単なるゲームの駒。『神の視点』であるコーちゃんとちがって、ルール違反の虚偽の発言も全然オッケーなの。だからとっても仕事がやりやすかったわ、ウフフフ」

不敵な笑みを浮かべる彼女。

「そもそも推理小説なんて全然興味ないの。わたし活字ってだーい嫌い。頭痛くなっちゃう」

「…………」

「ついでに、読書好きのオタク女もだーい嫌い。なにさ、いっつも知ったかぶりばっかしちゃってさ。なーにかーっこつーけてんのーってかーんじ」

彼女がわたしを冷たい目で一瞥する。

「あんなドン暗くて理屈っぽい話に夢中になっちゃって。内心、あなたのことを、ばっかじゃないの気持ち悪ーって、ずっと思っていたわ」

あしざまに、彼女がわたしという存在を否定する。

「あーあ。お仕事とはいえ、ちょーキモかった。おえっ、ぺっぺっ」

まるで汚物でも見るかのように。

「たしかにタツヤくんは、一般的にはいい物件だけどね。でもね、あんなおぼっちゃまくんタイプには、わたし全然興味ないの。もっとワイルドなタイプが好みっていうか」

なにかに憑依されたみたいに、ひたすらに悪態をまくし立てる彼女。

「それに、わたしには東京に愛しのダーリンがいるのよ。こう見えてもわたし一途な女なんだからね」

「ええ、あの『ＵＳＯ』の元カレのことよね」

「クックックッ」

「……なにがおかしいのよ」

わたしは眉をひそめた。

「やーっぱりなにもわかってないみたいね。まったく名探偵サマが聞いて呆れるわ」

蔑むような目線で、彼女は呆れ顔をした。

「どういうこと？」

「五年前に起業した『ＵＳＯ』に八年勤められる人間がいると思ってんの？　つまり元カレの存在もＵＳＯ《ウソ》八〇〇に決まってるじゃない。なかなか洒落が効いてていいでしょ」

「——全部、全部嘘だったんだ」

拳を強く握り締めるわたし。爪が容赦なく掌に食い込む。奥歯をぎりりと噛み締める。

「あったり前じゃん。もちろんすべてはコーちゃんのアイディアよ」

幸田にそっくりのおちゃらけ口調。

「ぜーんぶ、ぜーんぶ、ウソだっぴょーん！」

わたしの中で、悪魔、悪魔、この悪魔という声がリフレインする。

「せっかくだから、いいこと教えてあげる。ねえ、トオルくんっていたじゃない。タツヤくんの友達の」

「ええ」

Ｘことトオルは、わたしと彼女の間では部外者だ。だから彼の正体は彼女にはずっと黙っていた。

「あのとき、わたしたちばっかりしゃべってたでしょ。息がピッタリだったと思わない？」

「言われてみれば……」

「ねえ、何故だかわかる？」

「えっ!?　……やっぱりトオルくんとも裏で繫がっていたとか？」

「クックックッ、裏で繫がっていたどころか——」

彼女はおもむろに携帯電話をかざすように構え、その裏側をわたしの鼻先に突きつけた。

「こういうことよ、名探偵さん」

そこには信じられないものが貼りつけられていた。

「あぁっ！」

彼女の携帯に貼られた写真シール。そこには、仲むつまじく頰を寄せ合う、トオルと彼女のショットがあった。

「そう、彼こそがわたしの愛しのダーリン。染井って苗字はもちろん偽名だけど、トオルって名前は本名よ」

絶句する。

「本物の彼氏を目の前にして、その友達と浮気なんてできるわけないじゃない。泥棒猫のあなたじゃあるまいし」

嬉しそうに彼女は言葉を続ける。

「大事なことなんで、もう一回言っちゃおっかなー」

今度は語気を強めて「泥棒猫のあなたじゃあるまいし！」と言い放った。

うっすらと視界が滲む。返す言葉もない。

「彼、新進気鋭の舞台俳優なの。とても才能があって優秀なのよ。でも仕事がオフのときは、趣味の釣りにばっかり出かけちゃって。最近ちっともかまってくれないの。昨日も本物のタツヤくんと仲良く出かけちゃったぁ」

のろけているのか愚痴っているのか、よく摑めない表情だ。

「まあ、実はあなたと本物のタツヤくんを鉢合わせさせないための作戦だったんだけどね。今回はレイカのためではなく、わたしのためにサポーターとしてがんばってくれたのよ、彼」

梅原麗華を名前で呼ぶ彼女。まさか、梅原麗華とも親交があるのだろうか。

「……と、いうこと……は？」

「そう。彼がレイカの必勝法、つまりスパイってのも、もちろん知っていたわ。悪いけど全部筒抜けだったのよ」

彼女がニヤリと笑みを浮かべる。

「コーちゃんは『プレイヤー同士が手の内を明かすのはフェアじゃない』って言ってたけど、わたしたち付き合ってるのよ。ナイショになんかできるわけないじゃない。まあコーちゃん的にも、そんなことはわかりきってたんでしょうけどね。要するにトオルは、わたしにとっても『ＳＰＹ』のカードだったのよ」

「ねえ……ひとつ聞いていいかな」

「なに？」

「もしかして。万が一、『本物のタツヤくんが、後日わたしにメールをしてくる』というケースを想定して、タツヤくんの携帯にもトオルくんを使って……」

「さすがは名探偵さん。察しがいいわね」

ニヤリと笑みを浮かべる彼女。

「そうよ。タツヤくんの携帯のほうもトオルがこっそり差し替えてあるわ。あなたの名前のメアド欄に、コーちゃんのメアドをね」

「やっぱり」

さすがに用意周到だ。ゲス極まりない周到さ。

「まあ、残念ながら一度も送られてこなかったみたいだけどね」

「そう……」

たしかに残念である。

「コーちゃんってば、あなたに成りすますのを楽しみにしてたんだけどね。チョーノリノリで。『くーっ、せっかくボクちんの中で乙女が目覚めるチャンスだったのにっ！』って嘆いていたわ」

彼女が言うように、たしかに残念な結果である。わたし、そんなに魅力がないんだ……。

「残念でしたー、クックックッ。残念、斬りっ！」

　幸田の口調を真似ながら、彼女はオーバー・アクションで斬り捨てた。

「それからもうひとつ、ついでにいいこと教えてあげる。ほら、最初にバスで『田舎へ嫁GO！』の会場に到着したとき、わたし運転手のおじさんに親しげに話しかけてたじゃない？」

「ええ、覚えてるわ。あのとき、あれを見て、あなたのことを本当に優しい子だなって思ったのよ」

「あのドライバーさんねぇ、実はこの番組のプロデューサーなのよ」

「ええっ、まさか！」

　プロデューサーといえば、ゲームの神である幸田をも凌駕する、この世界の絶対神ヤハウェだ。

「そのまさかよ。あなたって本当に人の顔を覚えるのが苦手みたいね。あのオジサンはプロデューサーの矢栄さん。彼は変装癖があってね。こうやって自分が担当するいろんな番組で、こっそり第三者を装って現場を見ることで、出演タレントが『使える娘』かどうかを観察するんですって。それを知っていたから単に媚売ってただけなのよ」

「まさかドライバーまでがサクラだったただなんて……」

「トオルがわたしに『おじょうちゃーん』ってからかってたのを覚えてる？　あれ矢栄さんの口癖を真似て、わたしたちが『裏で繋がっているんだよん♪』とあなたにヒント出しながらおちょくってたのよ」

「……！」

サクラ前線。ここまで徹底した布陣を構えていたとは。驚愕だ。

「これでよくわかったでしょ。わたしはそういうゲスい女なの」

勝ち誇った表情の彼女。

「さあ。安っぽくてくだらない親友ごっこのおままごとは、これにて閉幕ね。ねえ名探偵さん、どうしてわたしがこんな薄汚い嫌われ者の悪女の仕事を引き受けたか、あなたにわかる？」

「……どうして……って」

「恵まれた容姿のあなたには、この気持ちは絶対わからないでしょうね」

彼女があらん限りの眼力でわたしを睨みつける。

「あんたやレイカみたいに美人でもなんでもないわたしが、この薄汚れた芸能界で生きて行くには、こうやってヨゴレの役でも引き受けなくちゃ駄目なのよ」

二人称が急に「あんた」に変わる。

「あんた演技派女優目指してるんですって？　なに寝惚けたこと言ってんのよ。あんたみたいなお人形さんが、なにが演技派女優よ。ふざけないでよ」

芸能界《このよ》に蔓延《はびこ》る「美人女優への花道」という名の不平等条約へ向けて、選ばれなかった者の悲哀を代弁するかのように、彼女が心の毒を吐き捨てる。

「さあ安っぽい探偵ごっこも、これでもうジ・エンド。元気娘のピエロの仮面を剝ぎ取って、性悪女の本性を暴いて——さぞかし楽しかったことでしょうね。天使のような顔をした、麗しき正義の名探偵さん？」

「ちがうの……」

「なにがちがうっていうのよ？」

彼女は斜に構え、怪訝そうな表情でわたしを睨んだ。

「わたしはある覚悟を持って、この赤い扉を開けた。開ければ、わたしは確実に大切な人を失う。だけど、わたしはどうしても、この中で待つ大切な人に『ある言葉』を告げなければいられなかった」

「……それ、どういうことよ？」

「それが、その言葉を告げることが……悪魔に魂を売り渡したわたしの、その人へのせめての償いだから……」

「だから、どういうことよ。チッ、前置きが長いわね。そのネチネチ辛気くさい台詞も含めて。これだからブンガク少女くずれはイヤなのよ」

かまわず毒を吐き続ける彼女。

「おばちゃんの証拠よ。わたしと同い年だっつーのにさ。もう老化現象がはじまったのかしら」

続けざまに彼女が「あーキモーっ、チョーうざっ」と吐き捨てる。

「幸田さんのトリックが見破れなかったら、わたしはあなたを裏切って、タツヤくんの元へ行くために黒い扉を開けていた」

「でしょうね」

「そして、そのまま芸能人としても、ひとりの女としても、二度と這い上がれない奈落の底へと堕ちて行くところだった」

「いい気味よ……」

「でも、そうなっていたとしても、それはあなたの責任ではない。そして幸田さんの責任でもない。すべてはわたしの心の責任」

「ハッ、この期に及んで綺麗事？」

「あなたは単なる共演者を、あくまで仕事として手玉に取っただけ。だけどわたしは、大切な親友を心の中で二度も裏切った」

「ちょっとはわかってるみたいね、自分の薄汚さが」

「最初は自分の出世のためにピエロとしてあなたを利用した。そして今度は親友の立場でありながらあなたから彼氏を奪おうとした」

「本当に、汚い人間」

「そう、汚い人間。それがわたし。あなたよりわたしのほうが、どう考えても遥かに罪深い」

「薄汚い人間、ドブネズミ」

「そう、わたしの心こそが薄汚い下水道のドブネズミ。幸田さんにも劣る悪霊」

「悪霊……悪魔」

「そう、わたしは悪魔。鬼畜にも劣る悪魔。だから、いつか将来この命が尽き果てたとき、神の審判で裁かれ、地獄の業火で焼かれるのは、きっとわたしのほう」

「あく……ま……」

「だから、謝って許してもらえるとは思わないけれど」

「…………」

「謝ったくらいで、この罪が拭われるなんて思わないけれど」

わたしはじっと彼女を見つめた。彼女の輪郭がぼやける。霞んでよく見えない。


「本当に、本当にごめんなさい……」


これが、わたしが彼女に伝えたかった言葉。深々と頭を下げ、心の底から謝罪した。

彼女とバスの中で、はじめて言葉を交わしたあの日から、今日までの数ヶ月。楽しかったこと、辛かったこと、様々な思い出が脳裏を過る。

彼女の無邪気なまぶしい笑顔が、走馬灯のように駆け巡る。

「本当にごめんなさい……」

どうしても自分自身が許せない。様々な感情が込み上げてくる。心の奥底からあふれ出る大罪の雫が、ぽたぽたと床の深紅のカーペットを濡らしていく。

「ごめんなさい……ミク」

そしてわたしは、彼女の前で崩れ堕ちた。

沈黙するカーマイン・レッドの密室に、気の遠くなるような時間が流れた。

どれくらいそうしていただろう。顔をあげたときには、もう彼女の姿はそこにはなかった。

最終章

サクラ満開

～三年後、春～

◆

わたしはサクラ。

もちろん由来は本名の桃瀬久美とは、まるで関係がない。

実はこの名前には、口が裂けても決して言えなかった、ある秘密が隠されていた。そう、わたしはTVバラエティのヤラセ企画を盛り上げるために、ある芸能タレント事務所から派遣された「ミク」という名のサクラだったのだ。


『女神の審判　～決戦、ウメ・モモ・サクラ。華の女たちの恋の略奪バトル！』

今から三年前のこと。全国ネットのお見合いバラエティ『田舎へ嫁GO！』の秋のゴールデン特番として放送されたその番組で、わたしは魔性の女仕掛け人「極悪非道のモモクミ」の役回りを与えられ大抜擢された。切り札であり実は最後のサクラ、そしてなにより「チェリーゲーム」の第三のプレイヤーという、大役だった。

当時、色白で愛嬌のある顔という以外に、これといって華のないB級、いやC級グラビアアイドルだったわたし。高校を卒業してすぐ「絶対女優になってやる！」って啖呵《たんか》を切って飛び出した手前、辞めて実家にも帰り辛い。それにお姉ちゃん夫婦がちょうど親と同居し始めたところで、いまさら居場所なんてない。そんなわたしにとっては、願ってもないチャンスだった。

グラビアタレントまがいの仕事なんて、単なる明日へのステップ。番組ディレクターのコーちゃんこと幸田さんは、わたしが演技派女優を目指していることをよく知っていた。

そのわたしに、彼はお見合いバトル「チェリーゲーム」の勝者のご褒美として、本格演技派女優への階段をあがるための、チャンスを用意してくれた。

「モモちゃんは本当にたいした役者、まさに千両役者だよ。その演技力は半端じゃない。きっと、すばらしい女優さんになるよ」

コーちゃんは、いつもそう言ってわたしを励ましてくれていた。わたしは本気で、その期待に応えようとした。

そしてわたしは、悪魔と契約した。

実はコーちゃんが、あのときにどかした監視カメラと隠しマイクはどちらもダミー。別に用意してあった隠しカメラとマイクで別撮りしていた現場の模様から、裏方であるディレクターのコーちゃんの姿をうまくカットして、赤いカラオケボックスでの出来事を、ちゃっかりすべて放映させてもらったのだ。

もちろん、恋泥棒、怪盗貴婦人《フェアレディ》Zとしての、わたしの見せ場もしっかり含めて。

怪盗貴婦人《フェアレディ》Zの正体。それは梅原麗華ではなく「ミク」だった。コーちゃん曰くネタバレすると、あのトリックは古典ミステリー、江戸川乱歩《えどがわらんぽ》『地獄の道化師』のパク……もといオマージュなのだそうだ。ヒントは「厚化粧のピエロ」なんだって。

ふーん、わたしは本とか読まないからよくわからないんだけど。本格ミステリー・マニアのみなさんはどうだったんだろう?

当初は、冒頭のわたしと彼女が抱き合うシーンで綺麗に幕を引く予定だったんだけど、そのあとの場面も含めて、本物の隠しカメラには全部収められていた。

それを観た番組プロデューサーである矢栄さんの「うん、いい画《え》が撮れた」との判断で、わたしたちの最終決戦ガチンコバトルも採用される運びとなったのだ。

『女神の審判』が放映されるや否や、お茶の間や業界全体を大パニックに陥れ、ちょっとした社会現象にまで発展した。

「『田舎へ嫁GO!』がヤラセだったなんて!」「バラエティとはいえ、ちょっとやりすぎじゃないか?」「ターゲットの女の子が、あまりにも可哀そうすぎる」などなど、それはまさに、蜂の巣をつついたような大騒ぎだった。

それでもなんだかんだと言いながら、この世界は視聴率《すうじ》という結果がすべて。この野次馬根性を絶妙にくすぐる企画は大ヒットし、近年のバラエティとしては空前の三十パーセント台後半の高視聴率を弾き出した。

「あの手のお見合い番組って、サクラとか使ってるんじゃない?」

そんな当時の噂を逆手に取った、コーちゃんと矢栄さんの作戦は見事に大ホームランをかっとばしたのだ。

さすがにダシに使ってしまった一般参加者に申し訳ないと番組側も配慮したのか、あるいは参加者からのクレームを恐れたのか、あの回のメンバーからわたしたち五人のサクラとタツヤを除いた面々による、ヤラセ一切なしの『今度はマジで田舎へ嫁ＧＯ！』というリベンジ企画も『女神の審判』と並行して放映された。

そちらもかなりの評判となり、晴れて数組のお似合いカップルが誕生した。

クレーム処理だろうがなんだろうが、なんでも番組のネタにしてしまうコーちゃんと矢栄プロデューサーの貪欲さには脱帽だ。

ちなみに第三弾企画となった『秋の湯けむり温泉お色気バトル』でドッキリを仕掛けられたおじさんたちだが、なんとそちらは全員エキストラのサクラだったそうだ。

「極悪非道のモモクミ」はコーちゃんのシナリオどおり、お茶の間で大バッシングを受けた。それと同時に、わたしの事務所には悪女役でのドラマ出演の依頼や、バラエティ番組での「おいしいいじられ役」のオファーが大殺到した。

こうしてわたしは、めでたく若手演技派女優の仲間入りをしたのだ。

トオルは相変わらず、趣味のルアー・フィッシングにばっかり出かけている。売れっ子になってしまったわたしとの収入格差が広がってしまったことが、最近ちょっぴり悩みの種ではある。

けれど彼は舞台俳優としての才能がいっぱい詰まった、未だ見ぬ岩陰のビッグフィッシュ。わたしは彼がいつかブレイクする日まで、彼を信じてついて行くつもり。こう見えても、わたしは一途な女なのだ。

そして、わたし以上に大ブレイクした女優がもうひとり。『女神の審判』の特番と共に、その若手女優はお茶の間に彗星のように現れた。

そう特番のターゲット、悲劇のメインヒロイン桜子だ。

「ああっ、黒い扉を開けちゃ駄目だ！　がんばれ負けるな、さくらちゃん」と、男性視聴者の父性本能を絶妙にくすぐる展開が功を奏したのか、この放映をきっかけに、彼女は一躍人気女優の仲間入りを果たした。

いわば、この下世話なヤラセ番組が、コーちゃんの狙いどおり彼女のシンデレラ・ストーリーとなったのだ。

連日連夜、ドラマに映画にCMにと引っぱりだこ。そんな彼女に付けられたあだ名は「春色の女神」。それって、ちょっとベタすぎるんじゃない？って思ったりもするけどね。

この企画はもともと、無名の女性タレントだった彼女をスターダムに伸し上げるために仕組まれたシナリオだった。

コーちゃん曰く、彼女との初対面でのマニアックな文学的会話のやり取りで、どうやらビビビっときたらしい。若くて美人で清純そうで頭の切れる、本格推理小説マニアの新人タレント。

しかも往年のサスペンス名女優、秋元楓さんの愛弟子とは。そんな彼女を探偵役《ヒロイン》にして、ハラハラドキドキなミステリーの演出を手掛けてみたいと、以前から機会を狙っていたそうだ。

そこで考案したのが今回の筋書き。『水着バトル』『お見合いバトル』『温泉バトル』の三本の番組企画を通して彼女に無理難題を与え、必死で応える姿を捕えた『女神の審判』という第四の番組で視聴者にその姿をアピールする。その結果、女優としての話題性とブレイクを狙った壮大なドッキリとして放映する、売り出し企画だったのだ。コーちゃんの狙いは最初からそこにあった。それは間違いない事実だ。

でも、もしかして、そのおこぼれというか脇役であるわたしの今の姿まで、彼のシナリオには最初から組み込まれていたのかもしれない。だとしたら、まさに恐るべし幸田マジック。やっぱりコーちゃんを尊敬してしまうのだ
もうひとりのヒロインである梅原麗華。

彼女は、あの番組を最後に芸能界を電撃引退した。

彼女の運命が、その後どうなったのか。その答えは、実は今、わたしの掌に握られている。

その答えとは——。

［謹啓

新緑が美しい季節になりました。

みなさまにおかれましては健やかにお過ごしのことと、お慶び申し上げます。

このたび、私たちは結婚式を挙げることになりました。

つきましては、ご報告かたがた末永いおつきあいをお願いしたく、心ばかりの祝宴を催したいと存じます。

開催場所はO県Y郷温泉街の「花湯グランドホテル」。

ご多用の最中、特に新婦側のみなさまには遠方での開催となり、誠に恐縮ではございますが、ぜひともご臨席を賜りますよう、お願い申し上げます。

敬具

平成××年四月吉日
花里《はなさと》立矢《たつや》・梅原麗華

レイカから先日送られてきた、今日の日付が入った結婚披露宴の招待状だ。

へー、タツヤくんって立矢って書くんだ、私の感想はそれだった。「白羽の矢が立つ」

とはまさにこのことだ。ちなみにトオルの元にはタツヤから届いたそうだ。

レイカの事務所とわたしの事務所は同じ系列で、もちろんあちらが上位。そんな力関係もあって、彼女のデビュー前から、要するに「お世話役」を務めさせられていた。

わたしが社交的で人当たりがよくて、仕事が少なくてヒマしてた、ともっぱらの評判だったからだ。まったく失礼なハナシだ。

表面的には取っつきにくいレイカだったけど、こちらから話してみると案外いい子で。妹が出来たような気分で、可愛くなってしまったのだ。

「マクラのレイカ」だの「肉食野獣系女子《レディ・ビースト》」だの、彼女をやっかんでの根も葉もない陰口に、実はレイカはずっと心を痛めていた。

彼女のクールな麗しの仮面の下の素顔。それはクルマとメルヘンチックなアニメが大好きな、純情な走り屋乙女さんだったのだ。

予てからの友人であるわたしは、その事実をよく知っていた。

「よろしくて、こんな渋滞だらけの都会の道路と薄汚い芸能界なんて、もううんざりですわ。嗚呼、素敵な王子様と、田舎の峠と、交通量の少ない高速道路に囲まれた、夢のカントリー・ライフを過ごしたいものですわ」

わたしに会うたびに、そう愚痴っていたから。

【必ずや素敵な王子様を我が手中に収めますわ。そして薄汚れた下水道のような芸能界から足を洗い、雄大な自然に包まれた夢のハッピー・カントリーライフを摑み取らせていた

だきますの。よろしくて、マシュー・カスバート？】

　要するに、彼女が『田舎へ嫁ＧＯ！』の自己紹介で口にした言葉は、そのまんま本心ということだったのだ。

「わたくしは根っからの走り屋だから、他人の敷いたレールを走るようには出来てないのですわ」

　そんな彼女の本心を知っていた、マシューおじさんことコーちゃんが用意したプレゼント。それが、芸能界からの引退と、田舎暮らしの王子様《プリンス》との素敵な出会いだったのだ。

　レイカは数々の誹謗中傷に心底嫌気がさしていて、密かに芸能界引退を考えていた。

　超絶セレブなだけに、この仕事で富や名声を得ようなどの上昇志向がまるでなかったレイカは、もともとは大手芸能プロダクション数十社の争奪戦による熱烈なスカウトで、業界入りをしたのだ。

　執事の守山さんを専属マネージャーとして常にそばへ置くことを条件に厳格な彼女の父親も、渋々許可をしたみたい。

　好きで入った世界ではない。けれど、周囲の期待があまりにも大きかったこともあり、断りきれなくて芸能活動をしていたらしい。

　それでも仕事へ掛けるプライドは半端なく、父親が大金持ちだということも隠して、彼女なりにがんばっていた。

　それなのに「パトロンのパパがいる」などと謂われのないマクラ営業疑惑を散々受け、

さすがに堪忍袋の緒が切れたようだ。まあ、どんな言葉尻も捕えて他人を蹴落とそうとする芸能界で、ポロッとパパの話をしてしまうレイカのほうにも問題があるといえばあるのだが。

「そもそも、他人が選んだ進路で流されるままにお仕事をしていたから、こんな風になってしまったのですわ。これからは自分というものをしっかりと持って、ドライビング・テクニックを磨きつつ、花嫁修業に勤しむことにしたのですわ」

その固い意志を打ち上げの席で散々聞かされたコーちゃんは、引退の餞《はなむけ》として、田舎の王子様との出会いの合コン「チェリーゲーム」を提供したという次第なのだ。

実はここだけの話「お願いしますレイカさん！」「こちらこそ、よろしくお願いしますわ」というのがコーちゃんの書いたシナリオ。ううん、「チェリーゲーム」の勝者が誰であっても、そのあとにはそれぞれの分岐が用意されていて、結局はおおいなる終息を迎えられる。『女神の審判』というのは、そういうマルチエンディング・ゲームだったのだ。

ちなみにタツヤとレイカは、トオルの立会いのもと、約束どおり峠バトルを繰り広げた。

結果はレイカの惨敗だったそうだ。トオル曰く、タツヤのドライビング・テクニックは天才的なんだって。特にダウンヒルとやらには神懸り的な腕を持っているらしい。

「いやあ、それほどでもないよ。走り慣れた峠だから、たまたま僕に地元《ホーム》の利があっただけだよ。レイカさんも本当にすごかった」

照れ笑いを浮かべながらいつもの調子で謙遜したタツヤは、こう言葉を続けたらしい。

「いやあ、実はね。免許取りたてのときから、家業の手伝いで配達だのなんだのと、亡くなった親父に、峠を毎日何往復も走らされていたからね」

峠バトルのあと、彼はトオルとレイカにそう打ち明けたそうだ。

それ以来、東京〜O県間を通い合う関係となったふたりは、ついに遠距離恋愛を実らせ、今日へと結ぶ運びとなった。

超肉食系と呼び名も高かった彼女だけれど、実際は真逆の純情堅物乙女。タツヤと出会うまでは男の人の手をまともに握ったこともなく、彼氏いない歴も年の数と同じだったのは——女同士の秘密だ。

でも、いつも、あの老紳士の執事さんがそばでがっちりガードしてたのだから、仕方のない話か。

しかも、その老紳士の守山さんは、レイカの話ではなんと、彼女の入籍後も引き続き、彼女の執事としてタツヤくんの実家の温泉旅館に住み込むらしい！。

なんだかすごい新婚生活になりそうだ……でも、楽しそう。そのうちコーちゃんが、これをネタにドラマを一本つくっちゃったりして。

レイカは芸能人としてのお見合いゲームでも、走り屋としての峠バトルでも負けたけど。結果的にはひとりの女性として、素敵なガラスの靴を手に入れたみたいだ。

コーちゃんは、チャラくて芝居掛かった、どうしようもないオヤジだけど、あのゲームは、わたしたち三人娘のための平等《フェア》なストーリーとして用意したと言っていた。

おちゃらけてゲスな悪魔の仮面を被っているけれど、わたしたちつぼみのままの芸能人の将来のことを、いつも他の誰よりも真剣に考えてくれている。

コーちゃん、いや幸田さんには本当にいくら感謝してもしきれない。わたしの人生の恩人だ。

波乱万丈、皆いろいろあったけれど。結果的にはゲームの参加者全員が、それぞれの形での素敵な未来と幸福を手に入れたのだ。

ただひとつ、「大きな心のしこり」を除いては……。

◆

正午すこし前。

実はわたしは今、披露宴の開催場所であるO県にいる。

場所は懐かしの『田舎へ嫁GO！』の収録が行われた『ふれあいファーマーズ』の園内。

鮮やかな青と白と緑の景色が目の前におおきく広がる。風が意外と冷たくて、それが逆に長いバスの旅に疲れた肌には心地がよい。

そこの噴水広場のサークルベンチに、わたしはひとりで座っている。

顔バレの心配はご無用、わたしは変装名人の「Lupin」のカードだった女。もちろん皆にばれないよう、今日も白い帽子と厚化粧で、ミクを演じた頃のようにがっちり紫外線と虫除けガードをしてますからね。

いつものロングヘアも次の仕事の役づくり用に、ばっさりショートボブにしたばかりだし、モモクミと気づかれることはないだろう。

我ながらミクを演じていたあの頃そのままだ。実はあれ以来、変装用に増量した体重だけは微妙に戻らなくて、すこしふっくらしたままだ。ダイエットも頑張らないといけない。

中心には白いモニュメントの噴水塔があり、その周りには赤・白・黄色の綺麗なチューリップの花が咲いている。まるで人生をテーマにしたあのゲームの、ルーレットみたいだと、わたしは思った。あのときも、そして今も。

昔は新しくて綺麗だったのに、随分と古ぼけちゃったな。ゲームの駒の、ちいさなおもちゃの車に乗せられたようだったわたしたち。途中下車は許されなかった。運命のルーレットは、誰にも止められなかった。

いよいよ今夜は、レイカとタツヤくんの披露宴。

実は多忙なスケジュールの合間を縫って、わたしは一日早くこのO県に到着し、「花湯グランドホテル」にチェックインしていた。

そう、ある人物と、ここで待ち合わせをするために。

「もうすぐ正午かあ……」

入場ゲートの遊歩道プロムナードから一直線に続く噴水広場。それがわたしの今いる場所だ。

スマートフォンの待ち受け画面を見ると午前十一時四十五分。例のお見合い番組をやった頃は、まだスマホもＬＩＮＥもいまほど普及してなかったから、ガラケーのメールでやりとりしていたんだっけ。

手持ち無沙汰で、短く切りすぎた前髪をいじるわたし。

プロムナードの脇には満開の桜並木があり、童話の世界のような農村テーマパークに、あでやかな彩りを添えている。

四月の強い風が吹き上げ、ソメイヨシノの花びらが無数に宙を舞う。まるで花のパレード。麗らかな春の訪れを歓迎する、おとぎの国のお祭りを見ているみたいだ。

桜並木の下では、ピエロの格好をした大道芸人の楽団がアコーディオンやギターを奏でながらなにやら歌を唄っている。

ひとりは演奏の手を止め、ちいさな子供たちに七色の風船とチラシを配っている。おそらく自分たちの楽団の宣伝だろう。

「わーい、ありがとうピエロさーん」

子供たちの無邪気な声が愛らしい。

透き通るような女性ボーカルの優しい歌声。切ないアコーディオンの伴奏。バッキングの生ギターとパーカッションが、ゆったりとしたリズムを刻む。

わたしは、その演奏と歌声に、ずっと耳を傾けていた。

「ピエロさん……か」

わたしはちいさくつぶやいた。


正午の鐘が鳴り響いた。

続け様に、まるで天使の調べのように素敵なメロディが園内に流れはじめる。その直後、入場ゲートの向こうから、男女のふたつの人影がこちらに歩み寄ってくるのが見えた。

清楚な桜色のワンピースを身に纏ったその女性は、つばの広い白い帽子と黒いサングラスを掛けていた。

ふたりは、わたしの前に立ち止まった。

「来てくれたのね……ありがとう。本当にありがとう」

そう言うと彼女――桜子は、そっとサングラスを外した。大きくつぶらな瞳には、うっすらと涙が浮かんでいる。

「桜子、お邪魔虫はここで退散するよ。俺はひとりで園内をロケハンして来るから。話が終わったらメールして」

「うん」

地味な服装をした前髪の長い眼鏡姿。痩せていて背は平均よりすこし高めだろうか。そんな連れの男性が、わたしに軽く会釈をする。そのまま彼は「失礼します」と言い残し、「アマリリス通り」へと向かって立ち去って行った。

「彼氏？」

「うん、もう付き合って一年くらい……かな」

照れくさそうに微笑む桜子。

「ねえ、もしかしてあの人って……たしか新進気鋭の若手映画監督のナントカって人じゃない？」

密かにわたしは、人の名前を覚えるのが苦手なのだ。

「そう、そのナントカさん」

桜子は微笑む。

なるほど、美人女優と才能あふれる若手映画監督。この世界ではよくある話だ、と思ったのがわたしの顔に出ていたのだろうか。彼女はうふふと含み笑いを浮かべて口を開いた。

「そしてまたの名を、コードネームＹ。冴えないモサメン元ＡＤさんよ」

すこしおどけた口調で、はにかむ彼女。

「えっ、そうなんだ！」

マジすか！　あの彼氏ってまさかの吉野さん!?　わたしは心底驚いた。

「彼が映画監督としてデビューしたあと、久々にお仕事で再会したの。それで、当時の思い出話に花を咲かせているうちに、ね。まあ、大半は幸田さんへの愚痴だったんだけどね」

恥ずかしそうに彼女が語りはじめる。

「今度ね、彼の作品に出演するの。タイトルは『春色の女神』。ちょっとベタな恋愛ストーリーで照れくさいんだけどね。脚本も彼が手掛けたの。平安時代末期の武将、源義経《みなもとのよしつね》と、その愛人の静御前《しずかごぜん》のロマンスをモデルにしたお話なのよ」

「へえ。そうなんだ」

そういえば、彼女の苗字も「源」だ。

「彼とわたしの結末が『吉野の桜』って、なかなかロマンチックな話でしょ」

「ふむ。って言うと？」

「静御前は『吉野山　峰の白雪　ふみわけて　入りにし人の　跡ぞ恋しき』と兄の頼朝《よりとも》に追われて落ち延びる義経を慕う歌を詠んだの。『吉野山の峰の白雪を踏み分けて姿を隠していったあの人、義経のあとが恋しい』って意味なのよ」

読書好きである桜子お得意のウンチクが久しぶりに聞けた。本当に懐かしい。

「わたしもね、まさにそんな心境だったのよ。彼は兄貴分である支配者、幸田さんの目をかい潜りながら。わたしを地獄の底から救い、闇の中へと消えて行った……」

「そっか、そうなんだ」

どうやら彼女は、頼朝と義経と静御前の関係に自分を重ねてるようだ。さっきから目が完全にハートマークになっている。

「あとね、高木《たかぎ》彬光《あきみつ》さんって昔の推理作家の作品で『成吉思汗《ジンギスカン》の秘密』というのがあってね。ジンギスカンの正体は実は義経だったたって内容の歴史ミステリなの」

「はあ」

だんだん話についていけなくなってきた。

「そこでも義経と静御前のロマンスが記されていて。ラストで成吉思汗の名前の謎を解明する件《くだり》がとても素敵なの。まさに時空を超えた感動的な恋文《ラブレター》だったわ」

しかしよくしゃべる。彼女、こんなにおしゃべりだっただろうか。

彼女の足元に目を移す。案の定、白いパンプスを履いたすらりと長い足が小刻みに震えている。おそらく緊張を振り払おうと彼女なりに必死に話しているのだろう。まったく大人気の女優に成長しても、不器用な性格は相変わらずみたい。

「ほんと随分と出世したよね」

「ううん」とかぶりを振る彼女。シャンプーの甘い香りがこそばゆい。

「全然まだまだよ。今のわたしの目標は、大人のミステリーやサスペンスドラマのシリーズをこなせる、息の長い演技派女優になること。ウチの社長の秋元楓が演じた『女弁護士・紅煌』のようなね」

「へえ」

「恋愛映画のヒロインはそのためのステップ。役者としていろいろな経験を積んで、たくさんの本を読んで知識や感性を磨いて。夢に向かってもっとがんばらなくっちゃ」

「なるほど……ね」

桜子は、今は本当に仕事に燃えているようだ。この調子だと吉野《カレシ》さんとの結婚は、当分先の話になるのかもしれない。

「でね、O県のこの農村公園は、今回のロケ地のひとつなの。今日は撮影のロケハンを兼ねて、彼も一緒に来てくれたの」

「へえ、そうなんだ」

「あなたが来てくれるかどうか、とても不安だったし……」

「………」

彼女は黙って、わたしの右側に腰掛けた。有名になってしまった顔を隠すべく、彼女はサングラスを掛け直し、つばの広い白い帽子を深々と被り直した。

その後、わたしたちはしばらく沈黙した。

わたしは気まずさを紛らわそうと、ポケットの中にある封筒をスカートの上から擦った。ごわついた感触が掌に伝わる。

彼女も沈黙に耐えられなくなったのか。わたしを横目でちらと見ながら、恐る恐る口を開いた。

「でも、ありがとね。あなたのほうからメールしてくれて……」

なんのことだろう？　わたしは彼女にメールなんてしていない。

手紙で連絡をくれて、ここでの待ち合わせを指定したのは彼女のはずなのに。

彼女は「ほら、これ」と、自分のスマートフォンを無言のわたしに手渡した。

メールアプリが開かれていた。確認するとそこには、信じられないテキストが記されていた。

件名：無題
送信者：ミク
（´・ω・｀）

「もし、このメールがなかったら。わたしきっと、あなたに手紙を書く勇気を持てなかった……」

わたしの登録をまだ消去しないでいてくれてたんだ。ていうか、まったく身に覚えがないんですけど……しかもそれって、番組が用意したインチキ携帯のアドレスでは？　そんなの、とっくにディレクターのコーちゃんに返したはず……。

あーっ、さては！

【コーちゃんってば、あなたに成りすますのを楽しみにしてたんだけどね。チョーノリノリで。『くーっ、せっかくボクちんの中で乙女が目覚めるチャンスだったのにっ！』って嘆いていたわ】

最後の最後で心残りの乙女化けをするとは。さすがはペテン師ディレクター。やられたっ、やることがニクイにもほどがあるっ！

無言で呆然とするわたしの変化に気づいたのか否か、彼女はわたしを見ず、視線をぼんやりと入場ゲートのほうに向けて話しはじめた。

「わたしね、どうしてもあのゲームで未だに腑《ふ》に落ちないことが、ふたつだけあるの」

「ふたつって？」

「ひとつは、吉野さんのこと」

桜子はあえて偽名で押しとおす。そのまま真剣な表情で語りだした。

「彼って見た目は地味で暗そうだけど、頭はすごく切れるの。本当に怖いくらいにね。そんな切れ者の彼を、何故、幸田さんは愚者としてゲームに配置したのか？」

顔を正面の入場ゲートに向け、宙に疑問を投げかける彼女の横顔。

黒いサングラスとブラインドのようにつばの広い白帽子が邪魔をして、さっきまで見難かった素顔が、ほんのすこしだけ垣間見えた。

長いまつげ。ちょっと猫っぽいぱっちりした目。サラサラの黒くて長いストレートヘア。それに加えて、あの頃にはなかった、凛とした大人の女性としての気品が備わっている。

まさに女優の顔だ。美しい。羨ましさや妬ましさを通り越して、思わず見惚れてしまう。

美人女優の麗しい横顔をこんなに間近で独り占めなんて、全国の男性諸君に申し訳ないな。きっと今頃コーちゃんも、草葉の陰でそう頷いていることだろう。

――って、まだ死んでないけれどね。

美人女優の名探偵が推理を続ける。

「もしかしたら幸田さんは、最初から彼がそうすることを見越して、密告者の役回りとして投入したのかなってね。わたしに黒い扉という地雷を絶対に踏ませないために、ね」

「そう……なのかもね。今となっては、真相は神のみぞ知るってヤツかもね」

ゴクリと生唾を飲み込みながら、気を取り直して答える。そしてわたしは、『田舎へ嫁GO！』の告白タイムを思い返した。

「おおお、お願いします、さ、さくらさん」

「こちらこそ、よろしくお願いします吉野さん」

あのときたしかにこのふたりは、コーちゃんのシナリオどおり、冴えないダメ男くんと慈悲深いヒロインの役を演じきった。それがまさか現実になるとは。これには神様仏様、絶対神プロデューサーの矢栄《ヤハウェ》様もドビックリだ。恋の大どんでん返しにもほどがある。

ハッ、もしかして……もしかすると。

この恋愛に不器用そうなふたり。似た者同士でお似合いの才能あふれるカップルを、お仕事抜きで真剣に引き合わせたのは……おせっかいな仲人キューピット気取りの上司コーちゃんの作戦だったりして。

まさか、それも最初から仕組まれたシナリオだったのだろうか……。

「それからもうひとつ。それはあなたのこと」

妄想をたくましくしていたわたしは、急に自分の話になってびっくりする。

「へっ？」

「あなたは幸田さんの指令に従順だった。でも実はたったひとつだけ、神のシナリオに背いたことがある」

「…………」

「あのあとね、あなたの発言の矛盾に気づいたの。あなたの話では、タツヤくんは、ゲーム前半の時点でわたしや麗華さんの正体についてネタバレを受けていた」

「ええ、そうよ……」

「でも、最後の最後まで、わたしにはそんな素振りは見せなかった。わたしの知る限りでは、麗華さんにもね」

「そうだった……かしら」

「役者でもない素人の彼が、何故、動揺もせずに、素知らぬ顔でその後を過ごせたのか。ねえ、それって矛盾してない？」

「それは……えっと、その、あの」

動揺したわたしは、思わずスカートのポケットの中に両手を突っ込んだ。右側に、かさりとした感触。わたしはそれを握り締めた。

それは白い封筒の手紙。

そこには——〝梅原さんの披露宴の招待状が、きっとあなたの元にも届いているはず。その日の正午に『ふれあいファーマーズ』の噴水広場に来てほしい〟そんな内容が、直筆の丁寧な文字で書かれていたのだ。

続けて便箋数枚に渡り、わたしへの償いの言葉もたっぷりと書かれていた。

手紙の主は、わたしの心に残った「大きなしこり」の元である張本人、今をときめく、目の前のトップ美人女優だ。

彼女は愛想が悪く、仕事で一緒になるようになった当初は、わたしもよい印象を抱いていなかった。どこか斜に構えたところもあったようにも感じて。

今思えば、彼女の恵まれたルックスへのヤキモチもあったのかもしれない。わたしはそんな彼女を単なる共演者として、ゲームとして、仕事として手玉に取った。

……そのつもりだった
「とぼけてもムダよ。実はあれから本物のタツヤくんとはメールする仲になってね。後日、彼から直接、事の真相を聞いちゃったの」

――ヤ、ヤバい。

思わぬセリフにわたしは慌てる。

「最初の第一印象はわたしだったんだけど、彼は途中であなたに心変わりした。『愛嬌たっぷりの元気娘。旅館の女将さんにピッタリだ！』ってね」

「そう……」

「中間印象では、麗華さんではなく、あなたに投票したみたいね。で、彼の『お願いします』をあなたは受け入れた」

「そう……なんだ」

「でも、喜びも束の間。番組収録後すぐにあなたは、『ごめんなさい、自分は番組を盛り上げるためにタレント事務所から派遣されたサクラなんです。まさかピエロ役の自分が選ばれるだなんて……そんなシナリオはなかったんです』って告白して、彼の求愛を辞退したんですってね」

「そう、だったかしら？　よく覚えてないわ、そんな昔のこと」

しらばっくれながらも、わたしは『田舎へ嫁ＧＯ！』収録後のことを振り返った。

突然、帰りのバスで、彼女からゲームのネタバレを告白されたときは本当に驚いた。なんてお人よしの大馬鹿娘なんだろうって。

でも、彼女の流す涙を見て、わたしの腕の中で嗚咽する彼女を見て、わたしは正直、胸が痛くなったのだ……。

「あなたがタツヤくんにバラしたのは、わたしや麗華さんのことじゃなく、自分自身のことだった」

「そう……なのかな？」

当時の彼女の口癖を真似てみる。

真相は、ちょっとちがう……自分の口から言い出す勇気がなくて。後日、手紙を書いて、トオルに頼んでしまったのだ。

でもタツヤくん、わたしをかばって嘘ついてくれたんだ……優しい嘘を。まったく、どこまでもさわやかイケメンだ。本当に憎らしいほどに。

「そして、タツヤくんは傷心も束の間に、今度は第二志望の麗華さんに心変わりした。わたしは第一印象がよかっただけで、結局、あなたたちの単なる刺身のツマだったみたいね」

笑顔まじりで敗北を素直に認める桜子。

「結果、彼は気がついたら麗華さんと結婚することにまでなって。優柔不断で移り気な自分をとても恥じていたわ。あっ、麗華さんにはこのことは内緒ね」

「……ええ……」

周囲を気にしながら、サングラスをそっと外す彼女。綺麗な指。細くて長くて、まるで白魚みたい。まさに清らかな里山の穢れなき渓流魚。ずんぐりチビっこい、わたしの指とはえらいちがいだ。

その美しい指先を桜色の唇に当てて、彼女はこちらを振り向きながら微笑んだ。

「絶対だよ、女同士の秘密だよ」

「ええ、わかってるって……」

わかっている。皆、恋や仕事に追われた毎日の中で、人に言えない秘めたる思いがあることくらい。

誰にも知られたくない自分の罪を、心の中で恥じている。けれど本当は誰かに聞いてほしい。それはわたしだって一緒だ。

あのときわたしは桜子と、仕事として、演技として、友人の関係となった。

彼女は本当に繊細な神経の持ち主。慣れないお酒に溺れては、自分の行いを心底後悔していた。愛想の悪さは、お高く止まっていたのではなく、単に人見知りだったのだ。

最初は内心あざ笑っていたわたしも、そんな彼女の姿を見るたびに、次第に胸が張り裂けそうになっていった。

本当にこの子は、自分に嘘のつけない純粋な心の持ち主なのだ、と。

薄汚れた芸能ザクラのわたしとは、まさに天使と悪魔ほどのちがいだと思う。

いつの間にか、わたしは彼女のことが本当に好きになってしまっていた。

すさんだ芸能界に身を投じたわたしにとって、こんな心の綺麗な子と本当の親友になれたら、どんなに幸せだろう。

でも、わたしたちは、仕事とゲームの敵同士。「芸能界のライバルに感情移入は禁物」。いつもディレクターのコーちゃんには、そう厳しく言われていたはずなのに。

だから、わたしにできることを考えた。

それは彼女との決別《わかれ》の瞬間に「極悪非道のモモクミ」というヨゴレな悪女を精一杯に演じきって、きれいさっぱり後腐れなくサヨナラの引導を渡すこと。

それが……悪魔に魂を売ったわたしの、彼女へのせめてもの罪滅ぼしだから……。

けれど、今日わたしはここに来てしまった。時がすべてを解決してくれるという、甘い誘惑に駆られながら。

わたしは弱い人間だ。本当に、本当に情けない。

なのに探偵の推理は続く。

「つまりあなたは、『どんな卑劣な手段を使ってもかまわない』という神の指令に背き、正々堂々フェアプレイでこの勝負に挑んだ。そして見事、ゲームの勝利の栄冠を、女優としての素敵な未来を摑み取った。そうよね？」

名探偵の瞳が、わたしの心をまっすぐに捕える。

「……別に……そんなこと……」

「なのに何故、あなたはあのときあんな憎まれ口を叩いたのか。そこから導かれる真実はただひとつ」

わたしの鼻先で、人差し指を天に向かって突き上げる。

「悪魔の手先『極悪非道のモモクミ』は仮面の姿。わたしへの憎まれ口は、わたしの心にしこりを残さないためのお芝居だった」

「……買いかぶりよ。だってわたしは、極悪非道のヨゴレなゲスいイカサマ女よ」

「嘘をついても、もうすべてお見通しよ。本当にあなたの演技力って天才的だわ。すっかり騙されるところだった。同じ女優として、わたしもすこしは見習わなくっちゃ」

「なにいってるのよ……わたしは悪魔に魂を売った……アンフェアで卑劣な……心底魂の腐り果てた……正真正銘の性悪女よ……」

「虚偽の発言をしても、神様仏様クイーン様はすべてお見通しよ」

優しく微笑む桜子。さらさらのストレートヘアが、はらりと風になびく。

「この物語《ゲーム》の真の主演女優《ヒロイン》は他の誰でもなかった。桃瀬久美さん、あなたよ。この名探偵さんには、すべてお見通しなんだからね」

「さく……ら子さん……」

わたしはじっと彼女を見つめた。

「さく……ら子さん……わたし……わたし……」

彼女の輪郭がぼやける。霞んでよく見えない。

バスの中ではじめて言葉を交わしたあの日から、別れまでの数ヶ月。

【わたしは夏木未来。みらいと書いてミク、よろしくっ】

楽しかったこと、辛かったこと、様々な思い出が頭を過る。

【ミクって呼んで。わたしもさくらって呼ぶからさ。せっかくだから仲良くしましょ】

彼女の悩める横顔が、走馬灯のように駆け巡る。

【ええ、わかってるんだけど……ごめんね、ミク】

「わたし……本当に、本当にごめんなさい……」

どうしても、どうしても自分が許せない。いろいろな想いが込み上げてくる。

心の奥底からあふれ出る雫が、ぽたぽたとわたしの白いスカートと足元の蒼い芝生を濡らす。

「ごめんなさい……桜子さん」

「さくらって呼んで。わたしもクミって呼ぶからさ」

馴れ馴れしい……娘だ。

馴れ馴れし過ぎて……涙が……涙が止まらない。

そっと白いハンカチを差し出してくれる。わたしはそれを受け取ると、うつむきながら目元を拭った。

ふと見上げると蒼い空。小鳥がさえずる緑の中で、桜の花びらがはらはらと風に舞い上がる。その向こうには無数の雲が、昼の空に浮かぶ白い月の彼方へと、ゆっくりのんびり流されている。

「せっかくだから仲良くしましょ。改めて、よろしくねクミ」

とろけそうな満面の笑みを浮かべて、右手を差し出す彼女。

やわらかな春の陽射しが、わたしを照らす。

人を疑うことを知らない春色の女神が、薄汚れた芸能ザクラのわたしに救いの手を差し伸べてくれる。

わたしたちは固く握手を交わした。この瞬間、わたしは——。

「よろしくね、さくら」

わたしは女神と契約した。

〈了〉

あとがき

本編を書いたのは数年前。もともとは、当時運営していた読書ブログの、おまけのショートコントとして考案したものでした。

それでいろいろとシナリオを組み立てていくうちに……実は小生、妻子ある身にもかかわらず、恥ずかしながら物語のヒロイン桜子に惚れてしまいまして（照）。きっちりと彼女という人物像を描いてこそ、この作品の価値があるのかなと、急遽考えを改めた次第なのです。

気がつけば、こんなに長いお話になっていました。本格ミステリーの手法で書いた恋愛お仕事ストーリー。笑いあり、涙あり、謎解きあり、そしてラストはほっこり。古今東西の様々な名作へのオマージュも、ふんだんに散りばめています。陰惨なミステリーは苦手という女性読者、ならびにガチガチの本格推理マニアの双方に楽しんでいただける、エンタメな作品づくりを目指しました。

完成したあと、しばらく非公開にしていたのですが、先日『第2回お仕事小説コン』の公募を見つけ、大幅に加筆してエントリー。そこで優秀賞に選んでいただき、書籍化の運びとなりました。

最後になりますが、本編を見出してくださったマイナビ出版の水野さん。とても親身になって改稿のご指導をしてくださった編集の鈴木さん。桜子を可愛く描いてくださったイラストレーターの西山和見さん。いつも執筆の相談に根気よく乗ってくれる創作仲間の親友K。ひとり遊びを拗らせている中二病の夫を陰で支えてくれている妻。WEB版に感想やレビューを書いてくださったみなさん。そして、この作品を手にしてくださるすべての方々へ。本当にありがとうございました。感謝の気持ちで胸がいっぱいです。

遅咲きですが、ようやく桜が咲きました。この物語が苗木となり、いつかまた、みなさんとお会いできる日が来るのを信じて。

ぼくらのマツリは、ここから始まる。

光明寺祭人

この物語はフィクションです。
実在の人物、団体等とは一切関係がありません。
刊行にあたり『第2回お仕事コン』優秀賞受賞作品、
『わたしはさくら』を一部改題・加筆修正しました。

■引用
『ギリシャ棺の謎』エラリー・クイーン・著　井上勇・訳（P.485）（東京創元社）
『赤毛のアン』L・M・モンゴメリ・著　松本侑子・訳（P.60）（集英社）

■主な参考文献
『Xの悲劇』『Yの悲劇』『Zの悲劇』『レーン最後の事件』エラリー・クイーン・著
鮎川信夫・訳（東京創元社）
『エジプト十字架の謎』エラリー・クイーン・著　井上勇・訳（東京創元社）
『進々堂世界一周　追憶のカシュガル』島田荘司（新潮社）
『森鷗外全集〈11〉ファウスト』森鷗外（筑摩書房）
『梅原猛の「歎異抄」入門』梅原猛（プレジデント社）
『地獄変・偸盗』芥川龍之介（新潮社）
『成吉思汗の秘密』高木彬光（角川春樹事務所）
『地獄の道化師』江戸川乱歩（春陽堂書店）

光明寺祭人先生へのファンレターの宛先

〒101-0003　東京都千代田区一ツ橋2-6-3　一ツ橋ビル2F
マイナビ出版　ファン文庫編集部
「光明寺祭人先生」係

わたしはさくら。
～捏《ねつ》造恋愛バラエティ、収録中～

2017年1月20日　初版第1刷発行

著　者　光明寺祭人
発行者　滝口直樹
編　集　水野亜里沙（株式会社マイナビ出版）
　　　　鈴木洋名（株式会社パルプライド）
発行所　株式会社マイナビ出版
〒101-0003　東京都千代田区一ツ橋2丁目6番3号　一ツ橋ビル2F
TEL　0480-38-6872（注文専用ダイヤル）
TEL　03-3556-2731（販売部）
TEL　03-3556-2733（編集）
URL　http://book.mynavi.jp/

イラスト　西山和見
装　幀　足立 恵里香＋ベイブリッジ・スタジオ
フォーマット　ベイブリッジ・スタジオ
DTP　株式会社エストール
印刷・製本　図書印刷株式会社

 ISBN978-4-8399-6146-6
Printed in Japan

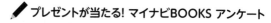